O beco do pânico

Clovis Levi

O beco do pânico

prefácio
Jairo Bouer

GLOBOLIVROS

Copyright © 2012 Clovis Levi
Copyright © 2012 Editora Globo S.A.

Todos os direitos reservados. Nenhuma parte desta edição pode ser utilizada ou reproduzida – em qualquer meio ou forma, seja mecânico ou eletrônico, fotocópia, gravação etc. – nem apropriada ou estocada em sistema de bancos de dados, sem a expressa autorização da editora.

Texto fixado conforme as regras do novo Acordo Ortográfico da Língua Portuguesa (Decreto Legislativo nº 54, de 1995)

Editor responsável: Luciane Ortiz de Castro
Assistente editorial: Lucas de Sena Lima
Preparação: Évia Yasumaru
Revisão: Erika Nakahata e Andressa Bezerra
Capa e diagramação: Gabinete das Artes

1ª edição, 2012

DADOS INTERNACIONAIS DE CATALOGAÇÃO NA PUBLICAÇÃO (CIP)
(CÂMARA BRASILEIRA DO LIVRO, SP, BRASIL)

Levi, Clovis
    O beco do pânico / Clovis Levi – prefácio de Jairo Bouer. – São Paulo : Editora Globo, 2012.

    ISBN 978-85-250-5282-7

    1. Literatura infantojuvenil 11. Bouer, Jairo.
11. Título.

12-11692   CDD-028.5

Índices para catálogo sistemático:
1. Literatura infantil 028.5
2. Literatura infantojuvenil 028.5

Editora Globo S.A.
Av. Jaguaré, 1485 – 05346-902 – São Paulo – SP
www.globolivros.com.br

*Aos meus filhos, Ulysses e Daniel; à minha neta,
Izadora; à minha mulher e cúmplice, Pamela Jean;
e à minha sogra, a escritora Judith Grossmann.*

Prefácio

O BECO DO PÂNICO TRADUZ DE MANEIRA FRANCA E OBJETIVA uma das características mais comuns da adolescência – a dúvida. Prensado entre a proteção da infância e a autonomia da vida adulta, o adolescente é um ser que busca caminhos, possibilidades e alternativas, mas que ainda luta contra limites e conceitos impostos pelos mais velhos.

Assim, Caíque, o protagonista deste livro, é a encarnação de todo esse processo. Filho de pais de uma geração que lida mal com a questão dos limites, neto de um avô influente e autoritário, ele se vê perdido entre as diversas escolhas que a vida oferece.

O ponto central das angústias de Caíque é a sua sexualidade. E é exatamente ao trabalhar essa dúvida de forma direta, sem rodeios, que o escritor Clovis Levi dá um passo importante para a reflexão e discussão sobre o tema.

Se para a maioria dos jovens a sexualidade não é um grande dilema, para muitos deles, as dúvidas sobre a orientação sexual dão espaço para um conflito emocional importante, que muitas vezes impacta em sua vida, causando sofrimento, medo e incertezas.

A perda de interesse pela escola, o silêncio e o isolamento em casa, a agressividade em relação aos pais, os sentimentos depressivos, a ideia da morte, os pesadelos atemorizantes (em que Caíque atravessa um beco assustador e enfrenta os seus fantasmas), tudo isso vai se revelando na medida em que a ambiguidade dos desejos sexuais fica evidente.

Será que beijar na boca um colega de mesmo sexo aos seis anos significa algo? Fazer teatro é coisa de quem está sexualmente confuso? É possível gostar de pessoas dos dois sexos? O que é ser gay? O que é ser bissexual? Com que idade se define o que, de fato, a gente vai ser? Essas são só algumas das perguntas que estão explicitadas na vivência do protagonista.

Além da história de Caíque, este livro traz uma boa possibilidade de discussão de um assunto que tem chegado de forma mais comum à vida dos jovens. Com o início mais precoce da vida sexual e a falta de maturidade para tratar de assuntos complexos, não é de estranhar que angústias e conflitos sexuais batam na porta de casa mais cedo. E, muitas vezes, nem os pais e professores mais preparados se sentem confortáveis para lidar com esse tipo de situação. Assim, *O beco do pânico* pode ser uma ficção que dialoga com todas as partes envolvidas.

O livro apresenta também uma oportunidade para pensar outras questões que hoje estão presentes nesse universo. O *bullying*, por exemplo, tem tido grande destaque nas discussões sobre o jovem contemporâneo, que lida mal com as diferenças.

Assim, origem social, religião, orientação sexual, característica física, tudo isso pode causar uma pressão psicológica que atormenta essa fase de passagem e que é capaz de gerar um profundo impacto emocional. Gostou das ideias? Então, boa leitura!

JAIRO BOUER
Médico psiquiatra e comunicador na
área de saúde e comportamento jovem

CAÍQUE, DE SEIS ANOS, ENTRA CORRENDO EM CASA, JOGA A MOCHILA NO SOFÁ E, ANSIOSO:

– Mãe! Mãe!

Eliana vê o filho feliz, saltitante. Sorri.

– Que foi, meu filho? Que alegria é essa?

– Mãe, dei hoje o meu primeiro beijo na boca, mãe! Na boca!

– É mesmo, filho? Conta como foi.

– Eu acho que estou apaixonado, mãe.

A mãe ri da frase do filho, tão apaixonado e tão pequeno.

– E como é o nome dela?

– É o Ricardo, mãe.

Silêncio total.

• • • • • •

Havia um cheiro inesperado no ar. Quem fumou aqui? André entra em casa e Eliana aparece com um cinzeiro numa mão e o cigarro aceso na outra.

– Fumando?! De novo?!

– Senta. Temos de conversar.

Não acredito que ela vá querer se separar mais uma vez. Não aguento isso.

Caíque nasceu depois de dois anos de casados. Nesses oito anos, a primeira vez que Eliana falou em separação foi no final do segundo. Depois, foi exatamente no dia da comemoração dos dois anos do Caíque. Ela chamou André no quarto, enquanto toda a família estava reunida na sala, festejando. Fechou a porta, acendeu um cigarro e despejou que tinham de se separar, que ela não suportava aquilo, que estava mesmo achando que não tinha nascido para ser esposa e muito menos mãe, Estou me sentindo presa, André, toda amarrada, quero minha liberdade, eu quero me separar. Em seguida, acendeu um cigarro – ficou com dois acesos. Com seis anos de casados, Eliana convidou André para jantar num restaurante indiano, e no meio de todo aquele clima oriental, disse, Saio de casa amanhã. Não saiu. A crise vem de dois em dois anos, pensou André, olhando o cardápio. O garçom chegou, ela acendeu um cigarro.

– Apaga o cigarro, amor – insiste André.

– Me deixa, André. Já fumei quase um maço. Já não fumo há três meses. Me deixa. Parecia que você não ia chegar nunca. Eu...

André desconfia:

– Caíque?! O que aconteceu? Cadê o menino?

– Calma. Está no quarto dele.

– Tudo bem com ele? Caíque está machucado?

– Está tudo bem com o Caíque. É... mais ou menos...

Ela fuma, não sabe como dizer. Não nasci para ser mãe, não

quero ser mãe! Já são seis anos disso e estou assim, um bagaço. Com filho, não existe divórcio: é prisão até a morte.

André, cansado do dia de trabalho, preocupado com Eliana que voltou a fumar, não sabe se algo muito grave aconteceu com Caíque ou se é mais uma atitude típica da sua mulher, com quem brinca sempre chamando-a de mamãe neurastênica. Mas ele, agora, não tem bom humor, está visivelmente tenso.

– Fala coisa com coisa! – diz, duro, agressivo, pegando-a pelos braços, sacudindo-a.

– Nosso filho...

Ela se levanta, abraça o marido, diz, Que horror, amor, que horror, começa a soluçar, pede, Me ajuda, pelo amor de Deus, e eu já não entendo nada do que está acontecendo, quero acalmar a minha mulher, mas já estou mais nervoso que ela, passo a mão pelos cabelos da Eliana, digo, Calma, meu bem, conta o que aconteceu, ela se afasta um pouco, olha nos meus olhos – nunca fora assim tão frágil nem tão linda – e pede, humilhada, suplica, Me ajuda, me ajuda, me ajuda, nosso filho... nosso filho é gay.

• • • • • •

– Entende, filhinho, isso não pode ser. Você não pode sair por aí dizendo que está apaixonado pelo Ricardo. Menino gosta de menina – a mãe, ansiosa, mas fingindo estar calma.

Caíque, inocente, responde, O padre vive dizendo que todo mundo tem de gostar de todo mundo. E conclui: Mas a gente não manda no gostar, não manda mesmo.

– Não entendi – a mãe, agora mais ansiosa.

– Eu gosto da tia Wanda, mãe, mas não gosto da tia Francisca.

André, sempre conciliador, diz, Filho, que injustiça, a Francisca é tão boa para você, mas a fala sai um tanto forçada porque ele também acha a tia Francisca um saco, falando o tempo todo, se metendo em todos os assuntos.

Caíque sabe que a tia Francisca gosta dele, mas, se ele não gosta dela, o que é que ele pode fazer?

– E como é essa história do Ricardo? – o pai, bem cauteloso, com uma proposta, um tanto artificial, de sorriso no rosto.

Caíque sim – esse sorri de verdade. É um riso espontâneo, natural, solto e leve. Na cabeça dele passam as imagens dos recreios na escola.

– Eu gosto de brincar com ele. A gente adora jogar bola. E ele é muito bonito, pai. O Ricardo é lindo, mãe.

– Mas menino namora menina, filho.

André procura avançar mais um pouco, tentando fazer o filho compreender como o mundo foi organizado para girar. A resposta de Caíque é como um manifesto de absoluta liberdade.

– Eu sei, pai. A gente adora conversar sobre as meninas que a gente quer namorar.

Uma faísca, faísca não: lanterna; lanterna não: farol; farol não: um verdadeiro clarão de esperança ilumina Eliana. Ela ri, feliz, é tudo coisa de criança, ela pensa, sou uma idiota, fico nervosa à toa. Ela corre e abraça o filho e beija e pensa, Como é bom ser mãe, adoro isso! O menino nem percebe porque a mãe ficou tão feliz assim de repente.

– Mas então... você gosta de menina, filho?

– Claro que gosto, mãe.

Graças a Deus! Graças! Graças!!! – essa história do Ricardo não significa nada, o terror desapareceu. Ah, meu Deus, obrigada, eu prometo, juro, juro que não volto a fumar.

– Então, como é o nome dela?

— Dela quem, mãe?

— Da sua futura namoradinha, Caíque.

— Ah, mãe... sei lá... tem tanta garota bonita lá na escola.

E lá vai a mãe, cada vez mais aliviada, mais animada.

— Mas, quando você e o Ricardo falavam das meninas, em quem vocês falavam?

— Ah, numa porção.

André e Eliana se olham. Sorriem mais soltos. André se desliga da conversa e vai pegar o seu *laptop* para trabalhar: economista também leva trabalho para casa. E ele, hoje, tem muito a fazer. Eliana, fascinada por ter descoberto um universo mais dinâmico, mais complexo e muito mais estimulante desse personagem – mãe –, não larga o filho, faz carinho, faz cócegas – coisa que Caíque adora. Ela é um tanto obsessiva.

— Mas de qual das meninas você gosta mais? Diz um nome para a sua mãe. Um nome só.

— Ricardo.

• • • • • •

Mais tarde, reunidos na sala, o avô Barbosa dá ordens:

— Amanhã ele não vai à escola. Fica doente.

É uma pessoa habilíssima, o avô Barbosa: organiza acasos, planeja acontecimentos espontâneos nos mínimos detalhes. Quando está com uma pessoa, quem domina a conversa é ele. Quando está no meio de diversas pessoas, quem domina a conversa é ele. Quando está sozinho, falando consigo mesmo, o tema dominante dessa conversa é ele: ele em confronto com a incompetência dos outros, a falta de iniciativa dos outros, a incapacidade dos outros de achar soluções e até mesmo a imensa burrice dos outros.

– Na escola, dizemos que está doente. Para o Caíque, eu falo que tenho uma surpresa maravilhosa e levo o menino para aquele prometido passeio de helicóptero. Digo que tem de ser amanhã, porque acabei de receber dois convites – e é com dia marcado, pronto, resolvido. "Meu netinho, foi tudo muito em cima da hora, tudo inesperado. Tem de ser amanhã."

A avó: uma senhora acostumada durante anos a ouvir intermináveis discursos do marido, a escutar constantes recriminações por não saber fazer nada direito. Adelaide, nos últimos cinco anos, decidiu ultrapassar a fronteira: já superou a fase de tudo ouvir, de tudo concordar, de evitar de todos os modos que o Barbosa se irritasse. Já deixou de chorar escondida. Optou pela liberdade. Agora ela retruca, discorda. Sempre com suavidade, é certo. Diz que é preciso ter calma, que pode ser apenas uma coisa de momento. Que são crianças, são ingênuos. Não têm maldade. E você, Barbosa, se controle. Não vá brigar com o menino. Se começar a reprimir, a brigar, como sempre faz, aí é que o menino vira gay mesmo. Ele é gay coisa nenhuma. Só porque deu um beijo no colega? Ali naquela escola as crianças são livres, vivem se beijando.

– Na boca, mamãe?

– É normal. Veem isso na televisão, Eliana. Não vejo razão para esse bicho de sete cabeças. O melhor é fazer de conta que não está acontecendo nada. Aliás, não está mesmo. Deixem o menino ir à escola amanhã.

O que foi que deu na Adelaide?!

Barbosa estranha a mulher: ela resolveu pensar com a própria cabeça?! Não sabe nem assinar um cheque! Não foi além da Escola Normal! Tem o diploma de professora – e já basta.

Ele olha criticamente para a esposa, como se dissesse, É uma medíocre. Bem que ela queria fazer faculdade, mas eu impedi, é claro: como poderia ser boa dona de casa e trabalhar ao mesmo tempo? Está aí o exemplo de nossa filha. Sai para trabalhar, enche a boca para dizer que é publicitária, vive sempre estressada e o meu neto fica solto, beijando homem na boca!! Mas a Adelaide!!! Estou pasmo!

Adelaide deu o assunto por encerrado e foi olhar, curiosa, os novos livros na estante.

Barbosa segue olhando para ela, analisando-a, surpreso mesmo, porque, A velhinha dá opinião agora. Como se conhecesse o mundo. Ela, que nunca chegou perto de um computador, o máximo que conhece é o micro-ondas – o que está dando nessa mulher? Eu venho aqui dizer para a idiota da minha filha e para esse André – sujeito inútil e apático – que é para o meu neto não ir à escola e ela, ao invés de concordar comigo, como sempre fez, Adelaide agora discorda? Toma ares de in-de-pen-dên-cia? Imagino que esteja lendo livros de autoajuda para as mulheres. Discordou de mim!! Vou dar uma olhada severa nos livros lá de casa.

– Quer dizer que a dona Adelaide, a grande autoridade em educação infantil, acha que o melhor é deixar o meu neto ir à escola amanhã? Para encontrar esse Ricardo, esse... esse anormal?

– O que é isso, Seu Barbosa? Vamos pensar com calma. O Ricardo é uma criança ótima, divertida – o pai, tentando ser conciliador com o Barbosa, que não concilia nada.

– Ótimo? Divertido? Seu filho também acha esse Ricardo "ótimo". E com beijo na boca, então, para o nosso Caíque, esse anormal deve ser "Ricardo, o Divertidíssimo".

Barbosa fica um tempo olhando firme para André, que escuta a frase do sogro já de costas: André encara Eliana, que acende mais um cigarro. André não dá ao sogro nada além da importância mínima que é exigida pela boa educação. Ele não gosta do Barbosa: se irrita com as atitudes dele, discorda das posições políticas do sogro, sabe que Barbosa não gosta dele e acha mesmo que há, com o pai de sua mulher, sérios problemas de caráter.

Barbosa, entretanto, continua a olhar André, estudando-o. Como a minha filha, a quem aconselhei incansavelmente, como é que entre tantos homens no mundo ela foi escolher esse mosca--morta? Esse rapaz é um tolo, nunca quis ouvir os meus conselhos. E é um comunista – finge que não é, mas é. Quando ele apareceu para pedir a mão da Eliana, vi logo que era um perdedor, que seria um inexpressivo na vida – e acertei, é claro! Tem um "empregozi-nho" de economista e acha que está bom, que é suficiente... Na noite fatídica, tentei dissuadi-lo. Quando eu já tinha colocado todos os argumentos contrários ao casamento e ele insistia, então radicali-zei: Como você pode querer casar com uma mulher que não sabe nem fritar um ovo? / Não tem problema, Seu Barbosa: nós vamos ter empregada. / Sempre detestei a voz desse ameba. E quando tinha sotaque ainda era pior.

– Deixem o meu neto ir à escola, não criem tempestade num copo d'água.

– Adelaide?!

– Mãe, você não está entendendo. O pai tem razão. Caíque, quando chegou todo feliz, me disse que está apaixonado. Apaixona-do por um homem, mãe!

Um tempo com todos em silêncio.

A avó Adelaide, nos últimos anos, começou a colocar para fora uma característica que tinha desde menina e que havia sido abafa-da pelo domínio ditatorial de Barbosa, o perfeito: a ironia.

– E ele sabe lá o que é estar apaixonado, minha filha? Tem gente que namora, casa, vive anos juntos e nunca soube, nem nun-ca teve ideia, do significado dessa palavra – a avó diz isso dando um sorriso doce e uma olhada compreensiva-entre-aspas para o marido.

Barbosa acha que Adelaide está passando dos limites. Decide ignorá-la.

– É claro que a iniciativa desse beijo não foi do meu neto. Foi do anormal que...

Antes que Barbosa termine o pensamento, o menino aparece de repente na sala.

– Preciso muito conversar com você – disse, rápido, o nosso planejador de acontecimentos espontâneos.

• • • • • •

Meu Deus! É muito lindo, é muito alto, é muito tudo, até fico com falta de ar, acho mesmo que se não é o vô aqui segurando a minha mão eu até tinha me mijado todo de medo. Andar de helicóptero!!! Sempre achei que o vô prometia isso da boca pra fora, nunca acreditei mesmo que ele me levasse para ver o Rio de Janeiro dentro daquele bichão que faz a maior barulheira. E a Lagoa Rodrigo de Freitas!!! E os morros!! As florestas! O vô ia me ensinando tudo: "Hoje não tem escola, mas, aqui em cima, é aula de Geografia. Vamos aprender o relevo do Rio. Olha ali – é o Grajaú, o nosso bairro". E nossas casas, vô? Quero ver! A minha e a sua. O avô falou com o piloto e vi! Minha casa! A casa do vô! Cara! Nunca entendi direito essa história de que o Rio de Janeiro é uma cidade apertada entre o mar e a montanha – agora, aqui de cima, helicopterando, como meu avô dizia brincando, fica tudo entendido, dá pra sacar tudo, meus colegas amanhã na escola vão morrer de inveja, caaaaaaaaaara...

• • • • • •

– Entendo a angústia de vocês, mas, acreditem, ela não se justifica. Isso é normal nessa idade. Até os cinco ou seis anos a identidade sexual ainda não está definida.

Enquanto os pais olham tensos para a psicóloga da escola, ela se mostra tranquilíssima. Ressalta que os próprios pais já disseram que o menino não revela preferência para brincar com as meninas, que Caíque se diverte normalmente com os garotos; valoriza o fato de que – segundo Eliana – Caíque nunca quis se vestir de mulher. A doutora Heloísa esclarece aos pais que esses são alguns dados referenciais. Diz que ali, na escola, ela conhece todas as crianças e que o Caíque não tem fala, nem gestos, nem caminhar femininos. E acrescenta: Vocês disseram que ele quer namorar a Talita – está tudo perfeitamente dentro dos padrões.

– Ele quer namorar a Talita, mas está apaixonado pelo Ricardo. Isso, doutora, é assustador – o pai, bem assustado.

A mãe tem dificuldade em acender o cigarro, de tão nervosa.

A psicóloga tenta acalmá-los. Minimiza afirmando que não devem ir além dos fatos e aconselha a não deixarem que a ansiedade invente problemas onde eles não existem.

– Não tem nada de gay. Não criem um estigma para o seu filho. Entretanto, fiquem atentos para qualquer mudança no comportamento dele.

Na saída da sala da psicóloga, a mãe, agoniada:

– Doutora, não entendo. Como não está definida a identidade sexual? Como assim? Se nasceu homem, é homem! Como mãe, eu não posso acreditar que meu filho não seja homem.

– Claro que é homem. O sexo está definido – o que não está é a identidade.

Na rua, Eliana vai cada vez mais tensa, anda rápido, a cabeça não para: mas se Caíque ficar brincando normalmente com os garotos... acho que esse é o perigo! Não vou ter tranquilidade nunca mais! Já estou muito atrasada para o trabalho!

Ela olha o relógio automaticamente, nem vê as horas. É como se eu tivesse comprado um carro muito esperado, sempre tivesse gostado dele e, de repente, percebesse um grave defeito de fabricação.

– Espera, Eliana – vou comprar o jornal.

Ela continua andando, não ouviu nada, pois, dentro da sua cabeça, é só defeito de fabricação, defeito de fabricação, defeito de fabricação.

••••••

Engraçado é que a gente sobe, fica lá em cima no helicóptero, mas o céu continua longe. Meu avô disse que pra chegar lá em cima, onde fica Deus, só mesmo morrendo e indo pro céu e que pra ir pro céu tem que ser um bom menino, não pode fazer nada errado e tem que obedecer avô, mãe, pai, avó, professor e padre. O Corcovado! Eu estava por cima dos braços abertos do Cristo. Ali, o Pão de Açúcar com o bondinho! Depois: "Caíque, olha lá o campo do Flamengo – ali é a Gávea". O campo do Flamengo!!! O helicóptero baixou um pouquinho e eu vi os jogadores treinando, ah, que emoção, cara, amanhã só vai dar eu lá na escola contando tudo – do céu, do Flamengo, como é que o bichão aqui sobe retinho e como tudo vai diminuindo e a gente vê mar, cidade e montanha aqui em cima, e eu me sinto o rei de tudo, foi meu avô que falou, "sinta-se como um rei", eu não sabia que era como rei que eu estava me sentindo, mas eu já tava me sentindo o maior rei, poderoso, poder total, meus colegas lá embaixo estão do tamanho de formiguinha, todos na escola, e eu aqui, vai ficar todo mundo com a maior inveja, meu avô é o maior, não tem pra ninguém, o maior avô do mundo é o meu avô, caaaaaaaaaaaaaaaaaaaaaaaaaaaaaaaara, me trouxe para ver o Rio de helicóptero, e toma de berrar lá em cima quando o bichão fazia umas curvas, eu só ia de Iahuuuuuuuuuuuuuuuuuuuuuu uuuuuuuuuuuuuuuuuuuuuuuuuuuuuuuuuuuuuuuuuu!

E iahuuuuuuuuuuuuuuuuuuuuuuuuuuuuuuuuuuuuuuuuuuuu uuuuuuuuuuuuuuuuuuuu!

E mais iahuuuuuuuuuuuuuuuuuuuuuuuuuuuuuuuuuuuuuuuuu uuuuuuuuuuuuuuuuuuuuuuuuu!

O helicóptero subiu mais, "Agora você vai ver a maior de todas as belezas" – disse o vô. "Vamos fazer toda a orla." Não sei como falar, nem sei, de tão maravilhoso. Meu avô ia mostrando: Aterro e Praia do Flamengo; Botafogo; Praia Vermelha e Urca; aí o helicóptero fez a curva pra chegar naquela curvona enorme que é a praia de Copacabana, fez outra curva e toma de Ipanema e Leblon. "A cidade acabava aqui, na Gávea" – me ensinou o meu avô, e, depois, foi dizendo uns nomes que eu não conhecia: São Conrado, Barra da Tijuca, Recreio dos Bandeirantes, Prainha, Grumary. Fiquei nervoso com tanto mar e tanta praia, até perdi a respiração, o coração batia, era tudo tão lindo que chorei. O avô riu, apertou minha mão, me deu três beijos.

E a surpresa final?

Quando nós descemos, meu coração tava no maior toc-toc-toc, acho que nunca bateu tão forte, eu tinha o olho brilhando, meu avô ria de contente e, aí, veio outro presentão, presentão daqueles de deixar qualquer um tonto:

– Um dia, quando você arranjar uma namorada bem bonita, eu trago vocês dois pra passear de novo.

DE NOVO?!?!

Quem tem um avô como eu não precisa ter mais nada neste mundo.

．．．．．．

O pai de Caíque não é brasileiro – André nasceu numa pequenina vila de sonho existente em Portugal chamada Óbidos. Fica no alto de um morro e é toda cercada por uma muralha de pedra de mais de um quilômetro, como uma fortaleza. Lá dentro há um forte, que hoje é uma pousada, uma capela e estreitas ruelas (umas dez apenas) com lojinhas de artesanato e alguns restaurantes: um charme. Foi por causa do nome de sua cidade que André quis conhecer o Brasil.

O pai dele – o Costa Pereira – tinha sido um aventureiro, fascinado por viagens a lugares exóticos: maravilhou-se com Machu Picchu, esteve com esquimós no Alasca, visitou tribos de índios em várias partes do mundo e, nos Estados Unidos, só ficou interessado em ver o Grand Canyon. À Antártida nunca foi – mas sempre quis ir. Um dia, quando jovem, na década de 1950, resolveu descer o rio Amazonas, no Brasil. Não queria conhecer nem o Rio de Janeiro nem as belezas do Nordeste brasileiro – queria ver a selva amazônica e seu rio gigantesco.

No estado do Pará, Costa Pereira pegou o navio em Santarém e desceu o rio até a cidade de Belém. No meio da viagem, o comandante sugeriu aos passageiros que pegassem biscoitos, pães e bolos e colocassem tudo em sacos plásticos, porque iriam passar pelo Estreito de Óbidos.

Costa Pereira, naquela noite, viu imagens inacreditáveis, que nunca mais esqueceu.

E não daria mesmo para esquecer porque, enquanto esteve vivo, ouviu sempre de André: Papá, papá, conta lá novamente a tua aventura no Estreito de Óbidos.

Foi assim: o navio, enorme, começou a apitar bem forte quando o rio Amazonas, que tem uma largura absurda, de vários quilômetros,

O BECO DO PÂNICO 23

fica repentinamente apertado, com as margens muito próximas. Ao ouvir o apito, crianças a partir dos seus sete anos entraram numas canoas mínimas, frágeis, rudimentares, indígenas, onde só cabe uma pessoa, e começaram a remar em direção ao navio. Meninos e meninas – eram muitos. No meio da noite, em plena floresta amazônica, os passageiros escutavam os animados gritos das crianças – pequenas, magrinhas, um quase nada de roupa sobre o corpo. E viam os botes que se aproximavam. Ao entrar no estreito, o navio provoca altíssimas ondas, a profundidade do rio aumenta rapidamente, chegando aos cem metros, e as minúsculas canoas iam a alturas inimagináveis. Costa Pereira contava que, no convés, todos os passageiros arregalavam os olhos, assustadíssimos, à espera de que, a qualquer momento, todos os pequeninos botes virassem e aquelas crianças morressem afogadas. Entretanto, elas seguiam remando, contra as ondas, com a maior segurança.

– Então, filho, o comandante disse: Atirem os sacos para a água, e todos atiraram os alimentos e a criançada remou para lá e para cá, no meio de ondas enormes e foram recolhendo tudo aquilo que enriqueceria as próximas refeições das suas famílias, num lugar onde não chegava nada industrializado, uma parte do mundo e uma parte dos homens abandonadas por Deus. E as crianças, felizes, em suas pequeninas canoas, depois de pescados todos os sacos plásticos, acenaram em agradecimento, gritaram, riram e retornaram ao interior da selva – da qual nós, do convés, só víamos mesmo o escuro impenetrável.

André se lembra de repetir sempre a mesma pergunta: Mas, papá, Óbidos, Belém e Santarém não são cá em Portugal?

Aí Costa Pereira dissertava sobre as conquistas marítimas portuguesas e, aos poucos, ia ficando agitado e raivoso – ele era um dos críticos ferrenhos ao modo como Portugal colonizou o Brasil.

– Tu estás a falar contra Portugal, papá?

Costa Pereira enchia o peito e dizia com orgulho: Não, filho. Estou a falar a favor da liberdade. Portugal vivia os tempos efervescentes da Revolução dos Cravos, que derrubou a ditadura de Salazar, e Costa Pereira era um obstinado opositor do fascismo português. André tinha doze anos naquela época, não entendia nada de política, e só dizia, Papá, quando eu for grande, vou ao Brasil, papá. Porque também eu quero ver o Óbidos brasileiro.

• • • • • •

Barbosão, de pé, escoteiro sempre alerta, observa, poderoso, a saída dos alunos. É cão de guarda, sentinela competente, infalível *big brother*. É fundamental localizar imediatamente o neto e levá-lo para a segurança de seus braços fortes. Barbosão fora atleta, fizera halteres, tinha ombros abertos e braços musculosos, nos seus sessenta e oito anos.

Vê o neto.

Arremessa-se rápido.

Caíque, entretanto, mais eficaz, antes de avistar o avô, abraça Ricardo e dá-lhe um beijo na boca, despedindo-se.

Caíque sorri. Cão de guarda baqueia.

O que era um arremesso corporal se transforma num imediato STOP.

Barbosão tinha visto o horror.

• • • • • •

Foi no início da década de 1980 que eles se conheceram, numa manifestação estudantil. André tinha vindo para o Brasil com o objetivo de estudar economia, além de – é claro – repetir a viagem do pai pelo rio Amazonas. Eliana cursava publicidade. André, excitado pela Revolução dos Cravos, imediatamente aderiu às manifestações contra o regime ditatorial liderado pelo general João Figueiredo. Eliana, entretanto, teve uma aproximação mais lenta ao movimento estudantil, já que, em casa, sempre ouvira o pai defender os atos da ditadura. A sua estreia foi numa passeata na avenida Rio Branco. Foi horrível, mãe – ela contou, muito nervosa, quando chegou em casa. Morri de medo. Nós estávamos caminhando e gritando frases contra a ditadura quando, de repente, surgiu um batalhão de choque com soldados montados em cavalos enormes e uma bomba de gás lacrimogêneo passou bem perto do meu rosto. Nós já levávamos lenços molhados para colocar no nariz e cortar a ação do gás, mas nem deu tempo: os cavalos vieram para cima da gente, os que estavam na frente da passeata jogaram bolinhas de gude no asfalto, os cavalos escorregaram nas bolinhas, caíram, os soldados se levantaram e começaram a bater nos estudantes com aquelas espadas pesadas e a prender quem estivesse na frente, era gente correndo pra todo lado, eu, chorando por causa do gás, vi uma amiga da minha turma sangrando no chão e não pude fazer nada, só pensei em fugir, e os soldados se aproximando, e os cavalos já de novo em pé vindo para cima da gente, e nós, André e eu, que nem nos conhecíamos, entramos correndo no Museu Nacional de Belas Artes e nos escondemos lá dentro. Adelaide, olhos arregalados, só conseguiu dizer, Não conte nunca para seu pai.

No museu, André, com um sotaque português bastante forte, pergunta: Estás magoada?

Eliana olhou para ele, estranhou a pergunta: Magoada?! Magoada com quê?

– Perdão… corrijo-me: fizeram-te alguma coisa de mal? Feriram-te?

Ela sorriu e gostou dos olhos dele, ele olhou para ela, encantou-se com o sorriso.

– És português, ó gajo?

– Sim.

– E o que você está fazendo no Brasil, levando pancada da polícia brasileira?

Começaram a sair juntos, a ir ao cinema Paissandu, ali no Flamengo, onde a juventude antenada assistia aos filmes cabeça. Depois, um barzinho, onde Eliana adorava ouvir as histórias sobre o novo Portugal, que se reconstruía após a queda de Salazar. Entre um copo de chope e outro, as mãos-que-se-tocavam-sem--querer-querendo quando pegavam num isqueiro, num saleiro, no pãozinho, naquela fase em que os dois desejam, mas ninguém tem coragem de dar o primeiro passo, André disse, Estou pensando em entrar para o Partido Comunista Brasileiro – que era um partido político proibido pelo governo militar.

Houve uma rápida expressão de terror no rosto dela.

Eliana ficou em silêncio.

– O que foi?

– Estou com medo de você ser preso, André.

E, de repente, Eliana falou agressiva, Mas você está maluco?! Em Portugal, o Partido Comunista é livre, mas, aqui, é proibido, perseguido! Você vai entrar para uma organização ilegal? Você sabe quantos comunistas a ditadura já matou? Sabe quantos estão presos? Quantos são diariamente torturados para denunciar outros comunistas? Você é português, André, você pode ser expulso do Brasil, ficou doido?! Você pode ser morto! Isso aqui não é Portugal, não, André – é Brasil, ditadura, censura, tortura! Isso aqui é uma prisão, não se pode discordar de nada, não se pode assistir a uma peça que a gente queira, os filmes importantes não chegam aqui porque a censura não deixa, os livros são queimados e proibidos, esse país está um horror! Ah, André, como eu invejo vocês, como invejo os portugueses, que agora já podem curtir a liberdade! O Brasil é só medo, e ela levantou e avançou para ele, agressiva, Eliana fez com que André se levantasse puxando-o pela gola da camisa e deu-lhe um violento beijo na boca, apaixonado, medroso, e que, para a vizinha desconhecida da mesa ao lado, parecia simplesmente um beijo interminável.

••••••

– Tem que trocar esse menino de colégio! – é Barbosa, entrando em casa, quase empurrando o neto, quase com nojo. Barbosa dirigiu em silêncio da escola até em casa, mas Caíque nem reparou que o avô estava tenso. – Tem que trocar! – repetiu.

– Peraí, vô. Eu adoro o meu colégio!

– Eu sei o que você adora! – o avô, duro com o neto como nunca fora. Barbosão está transtornado.

– Adoro o colégio, sim, vô. Não quero, pai. O vô não manda em mim, por que eu tenho de sair da escola?

– Quer saber? Pois eu vou dizer, meu neto, porque aqui nesta casa ninguém tem coragem para dizer as coisas como as coisas são. Homem não beija homem!

– Ué! Meu pai me beija, eu beijo meu pai, você me beija, ficou maluco, vô?

– Parente pode. Mas eu te beijo na boca? Macho beija mulher! Homem que beija homem é…

– Barbosa! – a avó, tentando impedir o tsunami, ela que conhece bem os descontroles do marido.

Apesar do eterno equilíbrio administrado por Adelaide, naquela casa a corda da tensão começou a ser esticada ao máximo. Tudo indica que vá estourar a qualquer momento. Caíque está chocado com a ideia de abandonar a escola que curte desde sempre, desde o primeiro dia. Quando entrou ali, quando viu aquele pátio enorme, aquelas salas coloridas, uma horta e aquele pequeno galinheiro – apaixonou-se. Caíque nunca havia visto uma galinha ao vivo. Mas o encanto maior foi com os pintinhos, que ele queria pegar, mas as professoras não deixavam. E o que deu no meu vô? Ele nunca falou assim comigo. Nunca ficou tão zangado!

– Vi você beijando esse anorm...

– Barbosa! – a avó, agora mais indignada.

– ... esse tal de Ricardo. Vi como vocês dois se beijaram na saída da escola.

Eu não estou entendendo nada. Meu vô tá doido? Eu beijei o Ricardo na boca porque ele é meu namorado e a gente até tá meio brigado um com o outro porque nós dois queremos namorar a Talita, e eu hoje ia dizer pro vô que a Talita é minha namorada pra gente ir de novo passear de helicóptero, eu vou ter mesmo que sair do colégio?

Caíque olha para o pai, parece cada vez menor, o mundo todo aumentou de repente. Tem o olhar sofrido de um pedinte.

– Pai... isso que o vô tá falando é verdade? Vou ter que sair porque beijei o Ricardo?

André passa o braço pelos ombros do filho. Fala com voz doce.

– Nós estamos conversando, Caíque, para tentar resolver...

– Temos de levar o meu neto ao padre Celestino, para que ele se confesse e não tenha um futuro negro e não passe a vida eterna ardendo no fogo do inferno! Meu filho, não ouça seus pais: eles são uns ateus com a alma perdida. É o vovô que está aqui para salvá-lo. Vou levar você para o melhor colégio do Rio de Janeiro, o Colégio Novos Futuros, o fantástico CNF!

– Pai, eu não quero ir!

– Calma, filhinho. Vamos resolver tudo com calma.

Barbosão conseguiu: Caíque está mesmo apavorado.

– Pai... mãe... eu... não tô entendendo por que essa confusão toda só porque eu beijei o Ricardo na boca. Será que fiz alguma coisa errada? Vou pro inferno, vó? O vô tá com raiva de mim, mãe. Não quero que o vô tenha raiva de mim! Eu gosto de você, vô! Muito mais do que gosto do Ricardo. Não briga comigo!

– Não fica nervoso assim, filho. Papai já disse: ainda não decidimos nada.

– Já resolvemos, André! Já resolvi! Não venha agora mijar pra trás, como mulherzinha.

Barbosão perdeu a compostura de vez. Todos olham para ele. Barbosa encara a todos e começa a repetir como um gravador defeituoso: como mulherzinha, como mulherzinha, como mulherzinha! André, pela primeira vez, perde também o controle: parte para cima do Barbosa para agredi-lo. Barbosa, forte, estica a coluna, levanta o queixo e prossegue:

– Como mulherzinha!

Eliana e Adelaide se colocam na frente de André, que, descontrolado, vai empurrá-las quando ouve:

– Pai: não bate no meu vô!

Um enorme silêncio ocupa a sala.

Depois, outro silêncio. Ainda maior.

André vai até Caíque. Abraça o filho. Dá-lhe um beijo. Mentalmente começa a contar até dez, mas, nervoso, interrompe quando chega no sete:

– O senhor respeite a minha casa, a minha mulher, respeite o meu filho e me respeite. Faça o favor de se retirar.

– Se vocês ficam aí com as suas psicologias moderninhas, o menino acaba virando pederasta! Vocês são os pais, vocês resolvam: amanhã cedo eu telefono para o Colégio Novos Futuros, sou amigo do diretor, e acerto a transferência. Minha filha, você sabe que é o melhor. Amanhã peço ao padre Celestino para vir conversar com o Caíque e explicar os pecados que ele está cometendo para que não faça mais. Ele confessa – nessa hora Barbosa vira-se para o Caíque e aveluda a voz – e então, pronto, filho, você fica perdoado e novamente abençoado por Deus.

Barbosa sai, batendo a porta. Adelaide olha para todos como se dissesse, Eu acalmo o bicho. Dá um beijo em Caíque. Abre a porta. Olha carinhosamente para o neto. Sai.

Eliana, não se contendo mais:

– André! Como você teve a coragem de expulsar meu pai?!

– O que é pederasta, mãe?

· · · · · ·

No carro, Barbosa parece um animal. Não abre a boca. Dirige como um louco. Adelaide pede que vá mais devagar. Ele acelera. Adelaide faz o sinal da cruz e seja o que Deus quiser. Barbosa é uma tempestade por dentro, resolve que nunca mais entrará naquela casa, Como é aquele cocozinho me expulsa?! Fui expulso! Eu! Barbosa!! Eu avisei à Eliana para não casar com...

– Olha o guarda.

Barbosa diminui. Mas segue na sua agonia. Vou telefonar para a minha filha: Eliana, a decisão é só sua – esquece esse seu marido inútil. Ou o meu neto é afastado desse degenerado chamado Ricardo ou estamos de relações cortadas para sempre. Cortadas as relações e cortadas as nossas contas bancárias.

– Eles vão ver quem é que manda – Barbosa enfim, corta o silêncio, apesar de continuar bufando.

Adelaide vira o rosto para Barbosa não perceber que ela está sorrindo. Você, Barbosa, não manda nem na nossa casa. Finge que não sabe que sou eu que mando e eu faço a minha parte – finjo que também não sei.

••••••

Tô apavorado… Quando eu morrer, vou ter que viver a vida toda queimando no fogo do inferno? A vida toda?!

••••••

Caíque está num bar, dando muito beijos em Marta. No último beijo, vê Luana à sua frente e sorri para ela. Luana devolve o sorriso.
Caíque vai ao banheiro.
Em seguida, Luana recebe uma mensagem no seu celular: "Shopping, praça de alimentação, daqui a uma hora".
Luana sorri. Pede a conta. Sai.
No shopping, Caíque vê Luana, chega por trás, dá-lhe um beijo na nuca.
– Na nuca, não! – ela ri, arrepiada.
Os dois riem.
– Vamos ao cinema?

••••••

Dia seguinte.
– Quer dizer que a sua dor de cabeça passou e você foi ao cinema com a Luana? / Quem te falou, Marta? / Para mim chega, Caíque. Fica com ela.

• • • • •

Semana seguinte.

Caíque beija Clarinha. Passa a mão nos cabelos dela. Olha sedutoramente.

– É mesmo verdade, Caíque, que você está fazendo uma lista?

– De quê?

– De garotas com quem você fica.

Caíque ri.

– Como você soube? / Então é verdade? / Quer dizer... mais ou menos. / É mais ou é menos? Tem ou não tem?

– É pequena, ainda. Nem merece receber o nome de "lista".

– Não acha uma coisa meio machista?

– Machista, nada. Não acho certo que a gente só possa ter uma menina de cada vez.

– Posso ter outros, então?

– Acho que sim. Você também tem o direito. Ficar só com uma pessoa, na nossa idade, é muito careta. Não é justo, tendo tanta mulher interessante por aí. Quando a gente for mais velho, quando quiser casar, aí sim: escolhe só uma.

– Nós somos namorados ou não? / Clarinha, acho que não... O que você acha? / Não somos nada, Caíque. Tá bom assim. Dá um beijo.

• • • • •

O Colégio Novos Futuros (CNF) é o top dos tops no Rio de Janeiro. Ocupa uma gigantesca área na Barra da Tijuca e é frequentado pelos filhos das famílias mais ricas. O colégio tem uma vertente social e todo ano abre um concurso para que bons alunos, mas pobres, possam aproveitar, como bolsistas, um colégio com aquelas instalações, aqueles professores e, principalmente, aqueles conceitos de uma escola ágil, aberta, antenada com o futuro. Foi por meio de um concurso desses que Cuca Fresca, que morava no Complexo do Alemão – favela carioca, longe das riquezas e das praias –, entrou na escola e se tornou o amigo de fé de Caíque e de Yasmin.

Cuca Fresca estava sempre de bem com a vida: adorava estar ali, naquele espaço enorme, ele que vinha de uma casa apertada, no subúrbio. Mas Cuca tinha um problema – não conseguia uma namorada. Caíque não entendia, dizia que as garotas daquela escola eram muito fáceis e Cuca Fresca respondia que eram fáceis para o Caíque, branco, rico e com cabelo liso.

– Que implicância que você tem com o seu cabelo, cara. Usa tipo *black is beautiful*, faz trancinha, mete aplique, sei lá – pode fazer tanta coisa. As meninas agora adoram sair com mulato, com negro – vocês fazem o maior sucesso.

Cuca Fresca achava que o problema era mais complexo. Dizia que não tinha identidade quando o assunto era cor da pele. Falava que não era branco, nem negro nem mulato.

– E o que você é, Cuca? – perguntava o Caíque.

– Pardo.

Caíque falava que esse papo de pardo não existia. Que Cuca viveria melhor se se assumisse logo como mulato e pronto. As mulheres gostam. Mas o que é que eu posso fazer? Está lá na minha certidão: pardo! Caíque é muito legal, vive me dando conselhos: se você quer conquistar alguém, tem que se jogar, cara. Ir à luta. Se tiver que se queimar, queimou. Tem que se ligar, observar quem pode estar a fim de você.

Mas Cuca tinha vergonha, vergonha de ir falar com uma gatinha, ele pensava, Pombas, bonito eu não sou, isso eu sei... e se ela olhar para a minha roupa, para a minha cara e me der o maior fora? E depois, como é que vou ficar vendo a gata todo dia? Vou viver no maior sem jeito. E o Caíque diz que tenho de observar? Ficar ligado? Mais do que eu faço? Eu não tiro o olho delas. Lá na favela não tem essas gatinhas ricas, todas penteadinhas, perfumadinhas, produzidas. A gente lá é pobre. Roupa barata. Eu chego aqui na Barra da Tijuca e fico tonto – é muita mulher e cada uma mais linda que a outra!

Um dia, Caíque surpreendeu Cuca. Cara, logo o Caíque, meu ídolo, cara que invejo por sair com todas as meninas, que nunca fica com ninguém e que fica com todas e, de repente, o meu herói confessa que está vidrado numa menina só – e que queria mesmo namorar! Disse que era para ser namoro sério (era tudo o que eu também queria). Caíque me disse que, com essa, ele seria fiel.

Eu ri.

– Duvido! O galinhão-mor da paróquia quer ser fiel? Rá-rá-rá! Quem é? É mais nova, da nossa idade ou mais velha?

– Igual a nós – quinze anos.

– É lindona? Que pergunta – todas as meninas aqui na zona sul são lindas.

– Nem todas, nem todas…

– Aqui, cara, até as feias são maravilhosas. Mas quem é? Quem?

– Estou apaixonado, Cuca. / Diz o nome! / Estou de quatro! / O nome!!

• • • • • •

O Serviço de Orientação Escolar (SOE) tem como objetivo aconselhar os alunos considerados problemáticos. Sentado em frente à escrivaninha do professor Viana está, com cara de quem comeu e não gostou, o entediado Caíque. Ele sabe que, para permanecer na escola, a nota mínima é sete. Suas notas estão bem abaixo. Caíque diz para todo mundo que adora o colégio, mas, além de notas ruins, tem faltado muito. O professor Viana aperta – quer saber por que o seu rendimento caiu.

– Gosto de esporte e de teatro. Não tenho saco para física, química e matemática. Não vou usar isso na minha vida, não vou seguir engenharia. Quero ser ator.

– Tudo bem – química não vai ser tão fundamental. Mas é bom saber um pouco de cada coisa. Você não pode ficar só na área das Humanas. Tem que abrir a sua cabeça.

– Yasmin me diz a mesma coisa.

– Sei que vocês são amigos. Aproveite o exemplo dela. Problemas em casa? Quer falar sobre isso?

– Não. / Não tem problemas ou não quer falar? / Está tudo joia em casa. O problema é comigo mesmo. / E qual é o problema?

– Sei lá...

● ● ● ● ● ●

Caíque, com as duas mãos acima da cabeça, arremessa a bola para a cesta. Enquanto a bola viaja, a Mesa de Controle toca o sinal encerrando o jogo. No ginásio, todos sabiam: como a bola tinha sido lançada antes de o som da sirene preencher o salão, se fosse cesta, valeriam os dois pontos. O CNF está perdendo o jogo por apenas um ponto e, se Caíque conseguir fazer a cesta, o Novos Futuros será o novo Campeão Intercolegial de Basquete do Rio de Janeiro.

Há instantes em que o mundo para.

Por fração de segundo, mas para.

Este é um deles.

Todas as torcidas – tensas – acompanham a bola com o olhar.

Ela subiu logo após ter saído das mãos de Caíque e, agora, começa a angustiante descida em direção à cesta.

A bola bate na tabela.

A bola bate no aro.

Para que os corações na plateia acelerem ainda mais, a bola, equilibrando-se de modo inacreditável, dá um passeio irresponsável sobre o aro, girando.

E gira mais uma vez.

Nas torcidas, ninguém se mexe. Ninguém faz um som. No campo, os jogadores apenas olham, estáticos, impotentes, grudados no chão.

A bola gira.

Caíque berra para dentro de si mesmo: "Entra! Entra!".

A bola gira e cai.

Para fora.

Há instantes em que o mundo para.

Caíque tem os olhos fechados e seus lábios se encaminham para dar o primeiro beijo em Yasmin. A fração de segundo que dura essa caminhada até os lábios da menina de cabelos negros dá a Caíque a percepção do que vem a ser a eternidade. É a partir do que vai acontecer daqui a pouco que Caíque saberá se o mundo ficará definitivamente fascinante ou se a Terra passará a ser o pior lugar onde um apaixonado possa viver. Tudo depende do desvendar desse mistério: o que é que a Yasmin quer? Ela já desconfia que eu gosto dela? Ela gosta de mim? Como namorado? Como amigo? Não quero ser amigo dela – quero ser seu namorado!!

Passam todos os medos pela cabeça de Caíque enquanto os seus lábios se aproximam.

O BECO DO PÂNICO 37

Cada vez mais perto.

Yasmin afasta a cabeça, fugindo do beijo. ("Ou não? Foi só impressão? Foi só o meu medo dizendo 'presente'?")

Na verdade, tudo começa pelo primeiro beijo na boca.

Caíque sabe que, enquanto não existir esse momento mágico, tudo não passa de possibilidades. Os amigos dizendo, Vai que ela está a fim, os olhares e sorrisos dela, o fato de estarmos sempre juntos, de irmos ao cinema com a turma e sentarmos lado a lado, os bilhetinhos na sala de aula, mensagens carinhosas no celular – nada, nada disso significa nada enquanto os lábios não se juntarem pela primeira vez.

Yasmin vai ficar chateada porque eu tentei beijá-la? Será?

E, dentro dessa interminável fração de segundo, há um momento no qual Caíque hesita, vacila, tem medo, tem o impulso de negar tudo, abrir os olhos e dizer que estiveram fechados porque entrou um cisco.

– Acho que entrou um cisco no meu olho, Yasmin!

Ela disse, Deixa eu ver, pegou no meu rosto, olhou dentro do meu olho, soprou, falou, Não estou vendo nada, a mão dela era tão suave, mas tão suave, que lhe dei um beijo na boca.

Ela abriu a boca.

Soltou a língua.

Deu certo!!

Depois do jogo, Caíque se sentiu culpado por ter errado a cesta. Pediu desculpas aos amigos, ouviu do treinador e de toda a equipe que ele não tinha culpa alguma, que não foi só ele que perdeu cestas durante o jogo, que fosse esfriar a cabeça.

A única forma de esfriar a cabeça era ir conversar com a Yasmin.

Os dois saíram para passear pela escola. Deram o primeiro beijo. Yasmin estava deslumbrante. Como nunca esteve.

• • • • • •

O cão de guarda perdeu o seu vigor físico. Com setenta e sete anos, viúvo e com um início de Parkinson, Barbosão já não morde tanto.

Mas segue latindo alto.

– O André não é mais seu marido – ainda bem –, mas é o pai do Caíque. Quero que você me jure que não vai contar nada a ele. Preciso fazer uma confissão, minha filha.

– Que foi, pai? – ela corre para pegar o maço de cigarros.

– Jura que não conta.

– Juro. Conta.

Barbosão senta na sua velha poltrona. Adelaide gostava tanto de sentar aqui, ele recorda, triste. Eliana fuma, ansiosa, sem saber por que o pai a chamou ali. Barbosão, mesmo com Parkinson, ainda mantém costumes do tempo em que era o rei das selvas. Ele manda no tempo. Agora veio uma lembrança boa da minha Adelaide, Eliana que espere. Depois, começou a falar lentamente sobre a noite em que esteve iluminado por Deus, quando convenceu a todos de que Caíque devia mudar de escola, afastando-o do perigo da homossexualidade.

– Ainda bem que você me obedeceu, minha filha, e trocou o Caíque de colégio. Aquele anormal do Ricardo já deve até ter morrido de aids.

– Pai, que horror! Tem hora que você extrapola!

Barbosão, cheio de orgulho:

– Meu neto namora todas as meninas da escola.

– Não gosto nada disso. Não queria meu filho gay, mas também não quero que seja um garanhão.

– Entre ser pederasta e garanhão, não há dúvidas possíveis.

Um tempo de silêncio desconfortável. Eliana, com o passar dos anos, foi ficando cada vez mais nervosa, não consegue ficar parada, senta, levanta, senta, fuma avidamente, de modo acelerado, como se necessitasse devorar o cigarro. Eliana agora botou na cabeça que ser publicitária está acabando com ela. Não nasci para tanta pressão, todo dia, todo dia, o dia todo. Acho mesmo que vou tentar outra profissão, vou fazer outra faculdade. Ela perde a paciência com o silêncio do pai.

– Então, pai? Me chamou aqui para quê, afinal?

Barbosa olha para a filha. O olhar é profundo. Ele fala bem devagar.

– Queria, antes de continuar, que você dissesse: "Eu o perdoo, pai". Diz.

– Pai, não estou entendendo nada... o que é que está acontecendo?

– "Eu o perdoo, pai."

– Eu o perdoo, pai.

– Não serve. Foi sem convicção. "Eu o perdoo, pai."

Barbosão vacila, comovido.

– Diz assim: "Eu o perdoo, pai querido".

– Eu o perdoo, pai querido.

Novo silêncio longo. Eliana se movimenta, sempre ansiosa, na direção da bolsa. Pega o maço de cigarros: vazio. Ela morde os lábios, olha o pai.

Barbosão, bastante mudado – sua voz é quase protetora –, pede à filha que escute com atenção. Procura se explicar, afirma que não suportaria ter um neto homossexual. Diz que sempre teve a certeza de que não bastava afastar o neto do anormal Ricardo, pois Caíque poderia achar outro anormal no CNF – eles agora estão grassando por aí, como uma praga. Se justifica, dizendo que precisava tomar algumas precauções.

– Você sabe o que são rastreadores?

Eliana evidentemente não está entendendo nada. Barbosão, então, revela ter contratado um detetive para vigiar Caíque e conseguido colocá-lo como funcionário do colégio, para que pudesse acompanhar o seu neto bem de perto. Depois que o Caíque saía da escola, um assistente do detetive seguia o menino pelas ruas, shoppings, cinemas, Maracanã. Barbosão confessa fazer isso já há alguns anos.

Eliana olha o pai, chocada. Seu rosto vai ficando duro. Depois, torna-se sem expressão, como se tivessem passado uma borracha nele.

– Não acredito que você tenha feito isso. Você rompeu todos os códigos, pai. Perdeu o controle. Perdeu o respeito pelo Caíque.

Eliana vai crescendo. Raras vezes, ao longo desses anos, ela enfrentou dessa forma o Barbosão – poderoso, rico, autoritário.

– Você perdeu a noção das coisas! Meu filho não teve privacidade durante esses anos todos?! Ele foi invadido por você. Você...

– Calma. Escuta o resto.

– Acho que não quero escutar mais nada, pai. Você foi onde não podia.

Subitamente, há o "Retorno do Rei Leão". Barbosão levanta a voz.

– Claro que podia. Sempre pude tudo. E fui mais longe. Ainda fiz pior. Escuta: quem comprou a maioria dos sapatos do Caíque? Eu. Comprei também vários rastreadores e eles foram colocados nos sapatos que fui dando ao meu neto.

– O quê?!

– Os rastreadores ficaram escondidos nos solados dos tênis ou dos sapatos. Isso me permitiu saber onde o Caíque estava. Sempre. E permitiu ouvir as suas conversas. A tecnologia não tem limites. Eu recebia boletins diários pela internet.

Eliana se levanta. Pega a sua bolsa. Vai sair. Um cigarro! Preciso de um cigarro!

– Não quer saber a boa notícia?

– Impossível ter uma boa notícia, pai. Adeus. Para você e para a sua famosa conta bancária.

O cão de guarda, bem obsessivo:

– Ele nunca mais se encontrou com homens, nunca mais beijou a boca de homem nenhum. Você, que na época ficou quase histérica, deveria ficar feliz agora.

– Seu dinheiro sempre comprou tudo. A mim, inclusive. Eu sabia que você tinha defeitos – todos temos. Não sabia que você era um monstro.

– Monstro...

Barbosa fica um tempo pensativo. Olha sofridamente para o seu passado. O pensamento vem cheio de dor, ele conversa com ele mesmo, olhando para lugar nenhum, dizendo, Você, minha filha, sempre foi tudo o que eu mais amei. Casei com sua mãe, ela foi uma boa esposa, mas, paixão mesmo, pelas minhas mulheres, eu nunca tive. Nem quando jovem. Minha única paixão foi você, meu anjo.

Eliana: O que é que eu faço? Levanto e vou embora? Detesto quando meu pai faz isso – no meio da conversa, decide ficar calado. E eu que espere... Vou embora.

Ela levanta, pega sua bolsa, incoerentemente senta em outro sofá e fica assim, parada, como uma colegial bem-comportada, com as pernas bem juntas e a bolsa no colo, olhando o pai.

Barbosa segue calado, mas agora olhando fixamente para a filha: Lembro de você pequenininha. Eu chegava do trabalho, você corria e se jogava nos meus braços e perguntava, Pai, comprou coisa pra mim?... "Coisa"... Para você, não importava muito o que fosse – você tinha de receber de mim sempre alguma novidade.

Eliana: Ele agora está sorrindo para mim. O que será que se passa na cabeça dele?

Barbosa segue sorrindo, quase candidamente, enquanto relembra que, Um dia eu levava brinquedos, outro dia, chocolates, lembro que você adorava uma bala com recheio de leite. Lembra? Barbosa fica à espera da resposta como se Eliana pudesse estar ouvindo os seus pensamentos.

Eliana tem muita raiva no olhar.

Minha filha não me responde. Alguma coisa se quebrou dentro da minha menina. Depois que ela foi para a universidade, a distância começou a aumentar. Na faculdade ensinavam que as minhas ideias eram erradas, que quem apoiava a ditadura dos militares apoiava a tortura e era contra a liberdade de expressão, mas eu sempre neguei para ela que houvesse torturas aos presos políticos. E o pensamento vai chegando ao ponto do qual Barbosão não gosta de lembrar. Você começou a ir a passeatas contra o governo e eu dizia, Minha filha, você vai ser presa, ouça o seu pai – e um dia você decidiu ir a uma manifestação proibida, eu a impedi de sair de casa, você quis avançar em cima de mim, você, minha filhinha, estava totalmente descontrolada e então eu disse, Eu sei, Eliana, eu sei, eu tenho informações de dentro dos quartéis, a polícia hoje vai para a rua com ordem de bater nos estudantes e prender quantos puderem. E nos quartéis vão ser todos torturados. E eu não vou permitir que minha filha seja torturada. Daqui você não sai! Lembro do seu rosto, filha – puro ódio. E lá veio você com sua ironia: Mas você disse que não tinha tortura, pai. Então você tem "informações", é?... Eu já desconfiava, mas agora eu sei que você está metido nisso. Você dá dinheiro para a ditadura, pai? Você dá dinheiro para ajudar as torturas?! Eu não respondi e foram meses em que sofri demais, pois você, minha filha querida, nunca mais me dirigiu a palavra. Nunca mais sequer olhou para mim. Demorou muito para fazermos as pazes – mas nunca mais foi a mesma coisa. Eu me senti... me sinto... sinto neste momento...

me sinto abandonado pelo meu maior bem, abandonado pela única pessoa na vida que conseguia me emocionar... conseguia sempre... consegue... consegue sempre... Você e meu neto... Barbosa faz um esforço para reorganizar as ideias.

– Minha filha... minha amada filha. Minha menina Eliana... Eu tinha de proteger o meu único neto. Seu único filho. Ao longo desses anos, Caíque transformou-se num belo mulherengo. Já coloquei algumas... muitas ações da Bolsa no nome dele. São ações nominais, para ele usar como quiser e ter uma bela carreira profissional. Se você contar a ele que coloquei os rastreadores, meu neto vai me detestar. Não conte. Não é necessário – ninguém vai ganhar nada em saber a verdade. Verdade para quê?

Barbosa fala realmente comovido.

– Mas eu tinha de contar para você, minha filha única e sempre muito amada e sempre protegida por mim.

Ele gosta mesmo de mim. Ele gosta mesmo do Caíque. Ele acha que fez uma coisa errada, mas que o errado era a coisa mais certa. Meu pai está louco? Talvez não seja só Parkinson. Ele está mesmo doente da cabeça. Foi a morte de mamãe. Preciso de um cigarro. Depois que ela morreu, tudo piorou. Mas ele está chorando!! Meu Deus: eu nunca vi meu pai chorar!

Eliana fica paralisada.

É horrível... não quero ver isso... não posso ver isso. Preciso... quero sumir daqui. Por que não consigo mover meus pés? Não consigo tirar os olhos dele. Meu pai está chorando e isso me dói muito! Meu Deus, meu pai está chorando, o que é que eu faço, meu Deus?!

– Agora já não coloco mais rastreadores. E o detetive tornou-se desnecessário.

A voz de Barbosa é trôpega.

– Eliana... filhinha... no início da nossa conversa, você disse, "Eu o perdoo, pai querido".

Barbosão engole em seco.

– Me chama de novo de "querido" – os olhos dele, cheios de lágrimas.

Um tempo longo de silêncio.

– Querido – os olhos dela cheios de raiva.

••••••

Yasmin tem expressivos olhos negros. Descendente de árabes, às vezes ia de véu para a escola e todas as meninas voavam em cima dela e era um tal de, Me empresta um pouquinho. / Só agora, no recreio. / Me empresta pra aula de História. / Vou pedir a minha mãe para comprar um, onde é que compra?

Yasmin emprestava – Como é que prende? Além de ser uma boa aluna, é também um barato de pessoa, menina viva, alegre, criativa.

Caíque botou os olhos nela logo que Yasmin começou a ganhar corpo. Antigamente, quando eram ainda crianças, um nem reparava no outro ali no CNF. Yasmin também viu que Caíque estava se transformando, de um garoto igual aos outros, num dos melhores atletas da escola, que jogava futebol, vôlei e basquete. Ela começou a olhar para ele de modo diferente. Mas se desiludia um pouco ao ver que Caíque não queria namoro sério – era um bobalhão mulherengo.

Os dois foram aos poucos se aproximando e, exatos nove anos após se conhecerem, alcançaram a glória inesquecível do beijo na boca.

Caíque, Yasmin e Cuca Fresca fazem agora – depois do beijo na boca – a trinca inseparável.

Um dia, a professora de literatura infantil discutiu conosco as várias leituras possíveis da história do sapo que, ao ser beijado na boca, vira príncipe. Aqui no CNF existem os professores estagiários – gente que acabou de se formar e vem para a nossa escola para aprender a dar aula porque o CNF é considerado um colégio-modelo. A professora Marina era estagiária – magrinha, carinha de boneca, mas muito inexperiente para segurar uma turma de alunos descolados do Colégio Novos Futuros. A gente adorava testar estagiário. Foi com essa história do sapo-príncipe que eu, Cuca Fresca, pobre, feio e pardo, me apaixonei de vez pela Yasmin, morena de cabelos lisos, linda, ultrainteligente. Na aula seguinte, logo no início, ela virou para a professora:

– Fessora, eu trouxe a minha leitura particular sobre o sapo-príncipe. Posso ler para a turma?

Autorizada pela professora Marina, Yasmin começou a ler. Ficou todo mundo de boca aberta. Era tudo ficção? Era verdade? Foi assim com o pai dela?

Eu sei que sou magro por ser subnutrido e moro no Complexo do Alemão, maior favela. Sei que a Yasmin nunca vai querer me namorar. Mas eu nunca vi ninguém tão maravilhosa em toda a minha vida. Agora ela está namorando o Caíque e eu acho bom, porque antes era a dupla Caíque-Cuca Fresca e agora é a "trinca fantástica". Se ela fosse namorar outra pessoa, era uma vez Yasmin – eu perderia a minha rainha para sempre. Ela namorar o Caíque é bom, porque fico junto. Mas é muito ruim também, porque eu vejo a toda hora os dois aos beijos e teve uma vez que até senti enjoo, feito enjoo de grávida. Acho que com grávida deve ser assim, não sei…

"Yasmin / não é pra mim" – foi o único verso que escrevi na minha vida. E foi verso de poeta sofrido. "É muita areia para o meu caminhão" – meu pai é que dizia isso quando, na rua, passava por nós uma mulher rica, bonita e perfumada. E minha mãe respondia: "Tu não tem nem carrinho de mão / quanto mais um caminhão. / Vê se te enxerga, bobão!!" – e nós três ríamos muito. Acho que minha mãe é melhor poeta que eu. Mas também não é lá grande coisa.

Então a Yasmin foi lendo:

– "Era uma vez eu tinha um peixinho dourado chamado Príncipe. Aí, eu comecei a ler contos de fadas e aprendi que quando você beija sapo na boca ele se transforma em Príncipe, e, se Príncipe era peixinho dourado, cada sapo que eu desse um beijo ia ser mais um peixinho dourado pra mim. Era uma vez eu disse pra minha mãe que eu ia caçar sapo no laguinho da dona Sofia porque eu queria aumentar a minha coleção de peixinho dourado que era uma coleção de um único peixe dourado só. Minha mãe não entendeu nada, aí eu expliquei pra ela a coisa das histórias de fadas, ela riu muito e saiu gargalhando e correndo e falando, "Vizinha, vizinha, a Lisbela quer beijar sapo na boca para transformar em Príncipe, ri-ri-ri".

Era uma vez nisso eu não tinha pensado, minha mãe me abriu a cabeça, quer dizer então que podia ser só Príncipe, Príncipe mesmo, sem ser peixe, pensei. Fiquei triste e fiquei tristíssima, fiquei triste-tristíssima quase sete segundos porque eu não queria coleção de gente-príncipe, eu queria peixinho dourado. Aí era uma vez eu fui lá no lago, não encontrei sapo nenhum, aí pronto, acabou.

Era uma vez meus seios começaram a crescer e…"

A turma ficou toda eriçada, começou um zum-zum-zum, uns risinhos, a professora Marina, coitada, toda nervosa, ficou sem saber o que fazer. E a turma até aumentava de propósito a zona, só para testar a estagiária.

– Vamos parar. Isso é uma bobagem. Não vejo qual é a "sua leitura", Yasmin. Você envereda por outros caminhos.

A turma toda fez aquele "Aaaaaaaaahhhhhhhhh!" de "que pena", Yasmin, frustrada, disse, Mas deix'eu ir até o fim, professora, a professora-com-cara-de-boneca falou que ali não era aula de literatura erótica e sim de li-te-ra-tu-ra in-fan-til – e tomou a maior vaia da turma.

Mas no recreio não teve para ninguém.

– Lê, Yasmin! Anda, lê!!

Yasmin pegou as folhas.

– Onde foi que eu parei?

– Nos peitinhos!, berrei.

Risada geral. Yasmin me olhou feio. Me arrependi imediatamente. Ela ia começar a ler, mas, depois, escondeu as folhas nas costas.

– Vocês não vão rir, está bem? Escrevi a sério. Se começarem a rir eu paro. Até parece que têm dez anos de idade – não podem ouvir falar em sexo que ficam logo de risinhos.

Fiquei besta. Ela tinha razão. Sempre que o assunto era sexo, a gente ficava cheio de ri-ri-ri, parecendo crianças mesmo. E já temos quinze anos!! Yasmin tem razão. Nós crescemos.

Eu:

– Desculpe, Yasmin. Eu estava mesmo levando na brincadeira.

Caíque:

– Pode ler, Yasmin. Ninguém vai rir.

– E não tem por que rir, Caíque. Não tem nada de engraçado – falou e disse a minha deusa, bem "adulta".

É mesmo a nossa rainha. Tem a minha idade e parece mais velha do que eu. Tem a idade do Caíque e parece mais velha que o Caíque. E é linda com aqueles cabelos lisos!! Bem que eu podia não ser pobre, e me vestir melhor... Ter cabelo liso. E namorar a Yasmin. Ela começou. Séria que só vendo.

– Se alguém rir, eu paro – ameaçou novamente. "Era uma vez meus seios começaram a crescer, meu pai me proibiu de sentar no colo dele e de andar só de calcinha pela sala. Era uma vez, meu pai deixou de esfregar minhas costas quando eu tomava banho. Era uma vez meu pai deixou de olhar pra mim e me fazer caretas engraçadas quando eu tomava banho enquanto ele fazia a barba. Era uma vez meu pai deixou de entrar no banheiro quando eu tomava banho, aí pronto, acabou.

Era uma vez o Leonardo disse que era meu namorado, me deu uma margarida que ele roubou na minha vizinha e me pediu um beijo na boca, eu achei um desaforo, não dei, e aí pronto, acabou."

Todo mundo riu, mas foi risada de cumplicidade, foi risada boa. Yasmin entendeu – até ficou feliz vendo que a gente estava mesmo gostando.

– "Era uma vez eu tinha onze anos, tava me olhando no espelho e aí eu não sabia como era beijo direito e aí eu beijei meu braço e..."

Yasmin parou. Olhou para todo mundo, mas olhou mesmo foi para mim.

– Cuca Fresca, se você rir, acabou a leitura.

Por que ela cismou logo comigo? Eu já estava arrependidíssimo de ter puxado risada antes. Yasmin está chateada comigo. Não pode!!!

– Yasmin, está lindo. Não vê que está todo mundo ligado? Pode ler que ninguém vai rir, não. E eu te amo, meu amor, fofa, linda, maravilhosa, quero ser seu namorado!! – A última frase eu não disse, só pensei.

– "... aí eu beijei o meu braço, mas aí eu achei que boca com boca devia ser diferente e aí eu beijei minha boca mesmo, assim, colada no espelho..."

Cara, ninguém se mexia, estava todo mundo de olhão arregalado, ouvindo:

– "... foi muito bom, melhor que creme de chantilly. Era uma vez eu, no início, gostava de ficar olhando os garotos jogando bola sem camisa, era bonito de olhar, mas, depois, enquanto os meninos me pediam pra namorar eu ficava pensando em aprender um novo ponto de crochê ou pensava em comer angu à baiana, fui ficando sem vontade de ter vontade, mas eles diziam, "Lisbela, você é muito atraente, sensual", essas coisas, aí eu tinha que fugir deles, aí era uma vez eu fugi pra beira do lago da dona Sofia e fiquei lá sentada tentando descobrir o que é que era essa vida, pela primeira vez me deu medo da morte, e era uma vez me deu saudade do meu pai me dando banho e esfregando minhas costas e fazendo careta e fazendo cosquinha, meu pai hoje diz que sou uma mulher linda, mas fica cada vez mais longe de mim, não me toca, parece que tem medo, aí olhei pro lago e vi um sapo que veio pulando, pulando, pulando, pulou no meu colo e parou, e aí era uma vez eu olhei ele e peguei ele e olhei bem fundo no fundo do olho dele e ele me olhou bem fundo no fundo do meu olho e aí – não sei se sapo tem lábio, sapo tem? – mas aí nossos lábios foram se aproximando, se aproximando e aí eu beijei o sapo na boca e aí vi que ele era um sapo lindo, atraente, elegantíssimo, um sapo charmoso e então eu fui ficando atraída por ele, fui ficando apaixonada, eu não sentia isso pelos meninos que queriam namorar comigo, fui ficando tomada, e era uma vez então eu vi que o sapo não tinha virado príncipe com o meu beijo, eu é que tinha ficado linda, tinha virado sapa. Pronto, aí começou!!"

Ficou o maior silêncio.

Um olhou para o outro.

Meu coração batia. Eu, cada vez mais apaixonado.

– Você é doida! – falou alguém elogiando.

– Parabéns, Yasmin! – era a Judith, professora de literatura brasileira, que tinha chegado, ficado quietinha ouvindo e ninguém viu. A gente adorava ela.

De repente, a turma toda aplaudiu nossa deusa, bem forte, com "yuhuuuuuuuu" e tudo.

Caíque abraçou Yasmin e deu um beijão nela, na frente de todo mundo. Dessa vez, nem tive ciúme! Senti que ele estava dando um beijo nela por todos nós.

– Pelo visto, o Caíque também gostou muito – sorriu a professora Judith.

– Mais do que tudo, eu gosto dela, fessora!

Aí, foi aquela zorra: todo mundo gritando, gozando e festejando o casalzinho de namorados.

Tocou o sinal, fomos para a aula e eu, já que não sou bonito, podia, podia, podia porque podia ser o sapo horroroso que a Yasmin beijou.

Caíque desfilava lá na frente, levando a minha deusa pela mão.

Não tem mesmo para ninguém: Yasmin é a nossa ídola!!

• • • • • •

Saco cheio!! Assim que estou: de sa-co chei-o!!

A vida é definitivamente uma porcaria... Não tem a menor graça.

Já acordo sem vontade de levantar. Não aguento aquelas aulas – acho que vou parar de estudar e fazer teste para a televisão – quero ser ator. Fico vendo nas revistas e na tevê: os caras vivem em festas, quando andam pelos lugares é uma cascata de flashes dos fotógrafos e pedidos de autógrafo. E muita mulher. Toda hora um ator se separa duma gata maravilhosa porque está agora com outra melhor ainda. Estudar é muito chato. E eu adoro o Clube de Teatro. Vou ser ator.

Hoje não estou a fim de levantar desta cama. É dia que avança da chatice para o horror: duas aulas de matemática, uma de química e um almoço com a minha mãe!!

Cara, não tenho mais saco para almoçar com a minha mãe, as perguntas de sempre, as preocupações de sempre, agora pega no meu pé todo dia porque estou fumando, vou fumar mesmo, mãe, até meu pulmão explodir. Como vão as aulas? Melhorou nas notas? Está fumando mais de um maço por dia? Cuidado com as drogas. Pelo amor de Deus, Caíque, não me dê um filho drogado! Já fez as pazes com a professora de história? Mas já vai fumar de novo? Não! Não vai fumar na mesa do almoço! Aqui em casa, não fuma mesmo! Se quiser fumar na mesa, almoça na casa do seu pai, onde você preferiu morar! Se o André deixa, fuma, fuma mesmo!!

E quando ela quer ser íntima? Então, filhão, está mesmo apaixonado pela Andréa? / Que Andréa, mãe? Quem é Andréa? / Sua namoradinha, ué. / (Quando ela fala namoradinha, dá vontade de...) Não era Andréa? / Adriana, mãe! Adriana. / E como vai ela, filhão? / (Também não suporto mais esse filhão.) Morreu, mãe. / Morreu?! Meu Deus! Como? Quando? Coitada da mãe dela!! / (Minha mãe é sempre muito dramática, ela exagera tudo.) Morreu de quê, filhão? / De chatice, mãe. Ela é uma chata. E minha namorada é a Yasmin!

Se chatice matasse já tinha muito mais defunto neste mundo. E aí vem a pior parte. Ela faz a voz de quem está muito tocada. Eu sei que ela fala com sinceridade, mas como ela exagera tudo fica sempre parecendo que é falso. Minha mãe não é uma atriz boa. Ela adoça a voz: Filhão, o que houve com você? O que aconteceu que você ficou assim? Você era um menino tão agradável, tão generoso. Se você percebia que alguém queria alguma coisa, você ia na frente e fazia o que a pessoa precisava. Quantas vezes você viu que eu ia tomar um copo d'água e, antes que eu me levantasse do sofá, já estava você com a água na minha frente?

Ai, meu Deus, a minha mãe já deve ter me falado desse maldito copo d'água umas duzentas vezes!

Mas hoje, filhão, você ficou um rapaz amargo, agressivo. O que aconteceu com você, meu filho? Parece que tem raiva do mundo. Responde, filhão. Diz alguma coisa. Você fica sempre calado, nunca fala nada. Espero sempre com o maior amor do mundo este nosso almoço das quintas-feiras e você fica sempre mudo. Ou mal-humorado. Ou não come nada. Você até hoje está revoltado porque eu e o André nos separamos e eu casei de novo? Responde, Caíque, pelo amor de Deus!

Pombas, minha mãe é chata que dói.

Tenho. Tenho mesmo raiva do mundo.

O que foi que aconteceu comigo?

• • • • • •

— Oi, meu garanhão! Veio ao Grajaú visitar o seu avô querido? Como vão as meninas? Aproveite bastante. Esqueça essa história de fidelidade. Ninguém é fiel.

— Ninguém?! Meu pai foi fiel à minha mãe, vô.

— Isso é o que ele diz.

— Você soube de alguma traição do meu pai?

Barbosa sorri. Diz que, na verdade, não soube, mas é evidente que aconteceu.

— Todos traem, Caíque. Tem é que saber fazer direito. Sua avó nunca soube de nada.

— Você traiu minha vó?! Vô!!

Barbosão passa a mão na cabeça do neto, que está chocado. Afirma que, na verdade, não é trair, diz que sempre amou a avó Adelaide e que se tratava apenas de sexo, só isso.

Caíque fecha o olho e tenta imaginar o avô namorando outra, mas a mulher que aparece é sempre a avó Adelaide. O olhar assus-

O BECO DO PÂNICO 53

tado de Caíque faz com que Barbosa mude de assunto, perguntando se Caíque já sabe que faculdade quer fazer.

– Quero ser ator, vô.

– Ser o quê?!

– Ator. De teatro, cinema, tevê. O que foi, vô?

Barbosa faz umas caretas, para demonstrar a sua desaprovação. Pega a bengala e vai, bem devagar, até o sofá.

– Senta aqui, meu filho.

Caíque senta-se ao lado do avô.

– Essa doença é um horror – Deus o livre dela.

Barbosa volta a mandar no tempo. Fica um tempão em silêncio. Caíque, sempre muito paciente com o avô adorado, espera o que Barbosa tem a dizer. O avô começa decretando que o mundo das artes é muito devasso, que, quando ele era jovem, o que se dizia era que quem ia para o teatro, se fosse homem, era pederasta; se fosse mulher, prostituta.

– Isso mudou, vô.

– É. Hoje as mulheres são sapatões.

Caíque fala para o avô que ele está muito preconceituoso e pergunta, brincando, se Barbosa tem medo de que ele entre para o teatro e vire gay. O avô, como resposta, diz que tem um presente para ele – muda de assunto porque não se fala de neto gay naquela casa. Esclarece que o presente é só para daqui a alguns anos – quando Caíque já estiver formado e for começar na sua profissão.

– Vai ser um dinheiro que dará segurança para você começar a carreira.

Barbosa pega um grande envelope e mostra ao neto inúmeras ações, explica como funciona a Bolsa de Valores, diz que tudo aquilo será dele. Fala que agora já está achando que esse dinheiro vai ser desperdiçado numa profissão idiota, mas, se é isso mesmo que o neto quer, então, pelo menos, que Caíque seja um ator famoso. Da televisão.

Na saída, depois dos beijos de despedida:

– Vou ficar rezando para que você mude de ideia e vá estudar advocacia, como eu.

● ● ● ● ● ●

Em casa. Um mês depois.

Caíque acabou de ver *O violinista no telhado* com seu pai. Shakespeare, o simpático labrador, está estirado sobre o tapete.

– Ih, pai, filme velhusco, mas muito maneiro. Me empresta para eu ver com a Yasmin.

Caíque, entusiasmado, diz que o filme é a cara dela, que Yasmin vai adorar e que as duas cenas de despedida, do pai com as filhas, vão fazer a Yasmin chorar aquele choro que faz ela ficar ainda mais linda. Quando a Yasmin chora, pai, eu fico bobo olhando para ela, parece que fico encantado.

– Está apaixonado, não é, filho? Tua mamãe neurastênica também ficava mais bonita quando chorava.

– Estou caidão, pai. A Yasmin é genial. Vendo o filme, eu só pensava nela. Temos de ver juntos. Ela é brilhante, pai!

André fala que, das oitocentas namoradas do filho, foi da Yasmin que ele mais gostou. Caíque ri e, determinado, defende o seu namoro sério: não tem essa de oitocentas namoradas, ele nunca teve namorada nenhuma antes. Namorada mesmo é a Yasmin. Nos seus quinze anos, parece um adulto dizendo que encontrou a sua mulher. Admite que sempre gostou de ter várias, mas, agora, Agora quero a Yasmin para mim, pai. A gente não se separa mais, não. Estou apaixonado mesmo.

Caíque pergunta a André se não vai casar de novo. André responde que não tem mais paciência. Com trinta e nove anos, oito anos separado da Eliana, tem certeza de que já não se acostumaria mais.

— Namorar e não morar é o melhor que existe, filho.

— Pai, diz uma coisa — é verdade que você e a mãe já apanharam da polícia? O vô me contou. Mas tenho certeza de que a sua versão vai ser diferente da dele. Conta aí.

André sorri, olha o filho com olhos curiosos, Isso foi há tanto tempo, Caíque. Vai até os CDs e Caíque grita, Põe aquele grupo português que eu gosto.

André coloca um CD do Madredeus, Caíque diz, Adoro esse som — é antigo, mas é bom. André retruca que também é bom e é antigo. Os dois riem.

— Conta, pai. Vocês se machucaram? Foram presos?

— Quando a gente chega à sua idade já começa a se ligar mais naquilo que acontece no país e até fora dele. Mas, quando você entra na faculdade, fica mais forte essa necessidade de querer melhorar o mundo. Nós vivemos um período negro da história — e ainda bem que pegamos só o finzinho, porque quando acabamos a faculdade também a ditadura já estava morrendo. Vinte anos de repressão, filho. Mas você pode se orgulhar porque acho que sua mãe e eu demos a nossa modesta contribuição.

— Mas apanharam ou não da polícia? / Claro que sim. / Machucou muito?

André conta que sempre conseguiram fugir depois de levar umas cacetadas e que foi numa dessas fugas, entrando num museu, que ele e Eliana se conheceram. Eu ainda falava com sotaque português, Caíque.

— Isso eu queria ver — devia ser engraçado: quer dizer, o sotaque, não as cacetadas. Tem saudade de Portugal?

– Às vezes. De repente aparecem umas imagens de Óbidos. E desaparecem.

– Eu queria ir lá, conhecer os meus parentes. Você já prometeu vinte vezes!!

– Então vamos marcar. Nas férias.

Caíque fica surpreso, feliz. Há anos que vem querendo conhecer Portugal. Abraça e beija o pai, Vou escrever um e-mail hoje para os meus primos contando que a gente vai mesmo. Beija novamente o pai. E diz com orgulho, Legal, isso, pai. Você e a mãe são heróis.

– Heróis nada, menino. Heróis foram os que morreram.

Caíque propõe que, um dia, os dois se reúnam só para o pai contar essa história, Mas contar tudo! Detesto política, mas é também porque não entendo nada, pai. A professora Judith diz umas coisas que estão me fazendo pensar e eu acho que estou vendo a vida de um modo diferente.

– Espero que, daqui uns anos, você consiga sempre entrar nos museus antes de ser pego pelos soldados.

Riem gostosamente. Madredeus segue dando um clima. André serve um uísque no copo. Bebe um gole.

– Querido, há tempos que quero dizer isso e acho que agora você está mais maduro e pode compreender.

– Ih, pai. Lá vem papo sério? Que foi que eu fiz agora?

– Fui eu que fiz.

André assume um ar grave. Diz ao filho que tem consciência de que foi fraco. Pede desculpas por não ter ficado ao lado dele e por ter aceitado, mesmo sendo contra, a sua troca de colégio, por causa da sua amizade com o Ricardo.

– Que Ricardo?

– Não lembra do Ricardo?

Caíque tem a sensação de que sua vida começou mesmo

quando entrou no CNF e diz que não se lembra de quase nada do outro colégio. André estranha e chega a duvidar de que Caíque esteja falando a verdade. Caíque puxa pela memória.

– Acho que tinha um Ricardo, sim... era o melhor nas peladas... é... fazia muitos gols. Quer saber? Fechando o olho, só vem mesmo a imagem de uns pintinhos, num galinheiro... de uma lourinha, a Talita. Um dia, no recreio, roubei um beijo dela... Minha vida começa no CNF. Sei que você e o avô não se gostam, mas eu tenho de dizer, pai: isso eu devo ao meu avô. Aliás, toda hora ele me fala nisso, que eu só estou no CNF porque ele convenceu você e a mãe.

– Todo mundo, de vez em quando, acerta uma. Não gosto do Barbosa. Não quero falar do seu avô.

– É, pai. Deixa o Barbosão na dele. E quando é que, afinal, você vai me levar para conhecer o Estreito de Óbidos?

Essa hereditária e já mítica viagem feita pelo avô Costa Pereira e, depois, por André está sendo prometida e adiada desde que Caíque era criança. Da mesma forma que a viagem a Portugal. André sorri. Lembra do rio Amazonas, é invadido por uma imensa saudade daqueles dias de juventude, pensa no pai, Que pena que ele não esteja mais aqui, por que as pessoas boas têm de morrer?

– Então, pai? Quando?

– Queria que fôssemos os três: você, eu e seu avô português.

André abraça o filho, já comovido.

Shakespeare se levanta, se sacode todo e vem esfregar o focinho em Caíque, que pega a coleira.

Shakespeare abana o rabo.

••••••

São onze da noite e Caíque passeia com Shakespeare pelo rico condomínio da Barra da Tijuca onde mora com seu pai. É com toda a disposição que se agacha e recolhe o cocô do cachorro no saco plástico – nada que tenha de fazer pelo Shakespeare irrita Caíque. A profunda amizade entre os dois se desenvolveu conforme eles cresciam: quando André levou Shakespeare para casa, o cachorro era um bebê – e Caíque tinha dez anos.

Enquanto apanha o cocô, Caíque pensa: por que será que eu tenho toda a paciência com o Shakespeare e não tenho mais paciência com as pessoas? Meu pai é um cara legal: por que eu não consigo me abrir com ele? E pra dizer o quê? Que não gosto da vida? Caíque senta-se num banco, passa a mão na cabeça do cachorro. Fica assim, fazendo carinho em Shakespeare durante um tempão. Pensa em Yasmin. Pensa no Clube de Teatro. Eu tenho de agradecer muito ao meu avô por ter me mandado para o CNF.

– Shakespeare!

O cão levanta a cabeça, olha com afeto.

– Shakespeare, devo ao meu avô a mudança total da minha vida. Devo tudo a ele. Gosto do meu pai, mas não existe intimidade. A gente vive bem um com o outro – mas ele não fala nada da vida dele para mim nem eu da minha para ele. Hoje até falei um pouquinho da Yasmin – mas foi porque não consigo mesmo ficar sem falar dela. Shakespeare, é você, é a Yasmin e é o meu avô. São os três que, se morrerem um dia, eu sei que vou chorar muito. Os outros, não. Tenho problemas com a minha mãe, lembro pouco da única avó que conheci. Mas meu avô é tudo!

•••••••

– Vocês estão aqui para errar. Vamos lá, cambada! Acordar o corpo! Não é que seja apenas permitido errar – vocês aqui são estimulados ao erro! Vamos errar nos dois sentidos. Primeiro, no sentido óbvio: não há preocupação em acertar. Depois, no sentido mais poético: errar significa também vaguear, movimentar-se sem destino definido. Ou seja: vamos pisar no desconhecido, meter a mão no mistério. Vamos, sem medo, todos juntos, buscar o inesperado. Errância!

Nós estamos em roda, de mãos dadas, com o palco às escuras, fazendo exercício de respiração. Ouvindo uma música bem suave e aquela voz grave, envolvente, mobilizadora, sempre meio acelerada.

– Vamos parar com esse nhem-nhem-nhem de estar tudo já previsível, de ser tudo sempre igual, sem um lampejo de transformação, sem um pingo de criatividade, às vezes mesmo sem um pingo de inconformismo contra o que está errado! Respirem. Não parem de respirar como ensinei – puxar pelo nariz, soltar lentamente pela boca. Usem a entrada e saída do ar para se concentrar. Se preparem, abrindo a sensibilidade, pois vamos penetrar em mundos que não conhecemos, vamos viver a vida fantástica de outras pessoas, experimentar emoções novas, vamos nos situar em contextos diferentes do dia a dia de vocês. Acordar o corpo! Acordar a mente! Acordar a alma!

A luz no palco vai aparecendo, bem devagar. Ficamos na penumbra.

– Abrir essa sensibilidade fechada, trancada, reprimida, esmagada por alguns familiares negativos, alguns religiosos radicais, alguns professores retrógrados.

A luz agora abre de vez.

– Manter a respiração. Relaxar esse corpo. Soltar as articulações. Vocês estão aqui no Clube de Teatro porque querem: ninguém obrigou nenhum de vocês a vir para cá. Então, vamos fundo. Nos exercícios, nas improvisações, na peça. E vamos fundo na vida! Caminhando pelo espaço cênico!

Começamos a andar pelo palco.

– Pisar com firmeza, definir esse olhar: dar foco! Vamos libertar a intuição, minha gente! Aqui, podem errar sem culpa, não paga multa, não leva chicotada, não tem nota mais baixa, não tem palmatória, a gente veio ao mundo para arriscar, desafiar o que se apresenta como definitivamente pronto, viemos para questionar, reinventar. Quando tudo está claro demais, certinho demais, é a hora de nós desconfiarmos de que alguma coisa já morreu. A vida é muito mais que isso.

Mário Castilho, o professor de teatro, parece que tem uma pilha a mais. Explode sempre num entusiasmo mobilizador. A energia com que dirige o grupo impede presenças apáticas: todos ali estão sempre no maior pique. O teatro é a única coisa boa na droga da minha vida. E a Yasmin! E o meu avô! Quando entrei no Clube de Teatro eu trouxe junto Yasmin e Cuca Fresca.

– Junta aqui, todo mundo.

Todos ficam sentados no chão, numa roda, com Castilho. Ele faz uma voz misto de prazer e suspense. Nós vamos montar algo inacreditável de tão bom! Se segurem porque vem aí pau puro! É de arrasar! De fazer a plateia sofrer, chorar, se entortar toda. E se maravilhar!!! Esse livro é a nona maravilha do mundo!

– Nona, fessor? – é o Cuca.

– As sete primeiras, vocês conhecem. A oitava eu não sei qual é. Cada um escolhe a sua.

– Eu escolho a Yasmin – todos riem com a minha piadinha.

Cuca Fresca:

– Eu também!

O BECO DO PÂNICO 61

Yasmin dá um beijo em Cuca, que, com isso, ganha definitivamente o seu dia.

— E qual é a peça? — pergunto eu, muito ansioso.

— Manon Lescaut!

Todos se olham — nunca ouviram falar.

— Não tem uma ópera com esse nome? — Yasmin, sempre mais antenada que o resto do mundo.

— Há três óperas, pessoal: do Auber, do Massenet e, a mais famosa, a do Puccini. Mas o original — do qual fiz uma adaptação — é esse livro aqui: o romance escrito pelo Abade Prévost, no século dezoito.

— Ih, fessô — coisa velha? — Luana, com cara de decepção.

— Atualíssima, Luana: atualíssima! Há na vida algum fenômeno mais atual do que a paixão? Vejam esse vídeo e, de sobra, conheçam a bela voz da soprano Mirella Freni.

Castilho liga o computador e projeta o final da ópera de Puccini, a ária "Sola, perduta, abbandonata".

— Como vocês viram, Manon termina só, perdida e abandonada. E morre. Vai ser um espetáculo sobre a impossibilidade do ser humano dominar suas paixões, sobre um amor tão gigantesco que até cega.

— Até hoje, professor, eu dominei todas as minhas paixões. Nunca nenhuma das minhas deusas soube de nada — é o Cuca, fazendo graça com sua própria desgraça.

— E até hoje continua sem namorada — provoca Luana. Toma jeito, Cuca Fresca.

— Já beijou na boca, Cuca? — agora é a Yasmin.

— Já. A minha, no espelho. Aprendi com a Lisbela, daquela história que você escreveu.

Todos rimos. Há um clima de total felicidade no Clube de Teatro. Estamos excitados e loucos para começar.

Foi então que entrei no beco.

Todos os alunos estão fascinados pelo professor Castilho, decididamente, absolutamente, unanimemente, o melhor professor do colégio. A Judith, de literatura brasileira, também está com tudo em cima, mas o Castilho consegue mexer mesmo lá dentro da gente. Não fala de coisas distantes como a soma do quadrado dos catetos. Castilho fala conosco sobre a nossa vida. Acorda. Perturba. Entusiasma.

— O Clube de Teatro é uma atividade extraclasse. Vem quem quer. Mas não é hora de lazer e encontro entre amigos. Aqui se trabalha duro. Quero o romance lido em uma semana.

— Uma semana, Castilho?! – pulamos todos.

— É mais do que suficiente.

— É grosso! – Luana, novamente, querendo desanimar.

— Grosso nada. Mais grossa é a Bíblia. Nada de preguiça. Mas ninguém é obrigado, Luana. Quem quer é porque está mesmo a fim de trabalhar. Tem mais: não é por causa do Clube de Teatro que vocês vão deixar de estudar as outras matérias – mesmo que não gostem de alguma. Abram o olho com a média sete. E, nos tempos livres, brinquem muito com os jogos eletrônicos, que são um barato; mas também leiam bastante. A leitura é outro tipo de barato – e é fascinante.

E veio o compromisso.

— Quem concordar em fazer a Manon Lescaut assume agora um compromisso que não pode ser esquecido. Não é um compromisso apenas comigo. É um compromisso de todos. Se decidir fazer a peça, se compromete e não sai mais do grupo. Fica no elenco até o fim. E não se chega atrasado. Nem se falta a ensaio. Só se falta a ensaio quando morre parente e, como não vai morrer nenhum parente de vocês, a partir de agora, ninguém falta mais.

Cuca Fresca:

– Se eu morrer, posso faltar?

Todos rimos, entusiasmados. Até mesmo a Luana, que pegou o livro e começou a folhear.

•••••

Começamos hoje a ensaiar Manon Lescaut. Está todo mundo excitado. O Castilho fez uma adaptação para os dias atuais e a peça se passa no Brasil. Quando Manon é vendida como escrava branca, o Castilho quis denunciar a situação das prostitutas brasileiras que são vendidas para a Europa e ficam lá aprisionadas a vida toda. Yasmin, é claro, vai fazer a Manon. Eu queria fazer o Des Grieux, o apaixonado obsessivo pela Manon, mas o Castilho deu o papel para outro – o nojentinho do Luca. Disse que às vezes é muito complicado dois namorados fazerem casal romântico numa peça. Quando eles brigam na vida real, fica difícil fazer um ensaio. Vou ser Lescaut, irmão de Manon, um personagem canalha.

Gostei.

E fiquei com ciúmes do Luca, um italianinho todo metido a besta porque na casa dele se ouve ópera e que disse que vai escutar todo dia a Manon Lescaut. Idiota! Vou pedir ao meu pai para comprar o CD.

E aconteceu o impossível: todo o meu encantamento pelo Castilho desapareceu.

Com uma única frase.

Já tínhamos duas semanas de ensaio, estávamos discutindo uma cena e, ao explicar o universo sexual em que vivia Manon, Castilho falou um pouco sobre sexualidade em geral e, assim bem de repente, sem dar muita importância, ele disse que era gay. E prosseguiu o ensaio normalmente.

Gay?!

E como pode confessar isso assim, com a maior cara de pau?

– Como "confessar", Caíque? Só se confessa um crime, um pecado. Ele não confessou nada.

– E não é crime? Não é pecado? Não posso comentar isso com meu avô, Yasmin. Ele me obriga a sair do teatro. Na verdade, nem sei se quero ficar ali. Tenho que estudar mais para voltar a ter média sete – no teatro, gasto muito tempo. Ai, Yasmin, estou com nojo do Castilho.

Yasmin é toda liberal, não vê nada de mais – eu fiquei mal. Estou mal. Adoro teatro, quero ser ator, mas... ensaiar com um professor que transa com homem? Não dá. Fico imaginando cenas... tenho nojo.

Não saí do teatro. Tinha assumido um compromisso. Vou mantê-lo. Mas a relação com o Castilho mudou. Mudou a relação com o ensaio. Perdi o pique com a peça. Deixei de decorar o meu papel.

Estou estranho ali dentro do palco.

Hoje ele entrou em cena e corrigiu uma postura minha. Devo ter dado bandeira, porque quando ele me tocou senti um nojo tão grande que estremeci todo.

– Calma, Caíque. Não vou te morder não. Levanta a coluna e olha firme para o Des Grieux. Olhei mesmo, bem firme, com raiva do italiano que abraça e beija a minha Yasmin na peça.

– Agora melhorou, Caíque. E quero esse texto decorado amanhã.

Cara, eu gostava tanto do Castilho... Agora, é uma repulsa... um mal-estar...

Eu sei que estou fazendo um trabalho ruim. Todo ensaio o Castilho me chama a atenção. Cuca Fresca e Yasmin já me deram o toque: Caíque, seu trabalho está desleixado. Capricha. Você não quer ser ator?

Eu estou mal.

O que me salva é a Yasmin. Depois do ensaio fomos ao cinema. Não lembro nada do filme porque ficamos de abraços e beijos o tempo todo. Na saída, ela me pediu para ir para casa decorar o meu texto, que eu já estava atrapalhando os outros. E a ela também.

– Depois que eu soube que o Castilho é gay, Yasmin, perdi todo o meu encanto. Quero ser ator, mas todo mundo que faz teatro tem mesmo de ser homossexual? Mas que droga! Meu avô fez a maior cara feia quando eu falei que queria ser ator. "É um mundo meio devasso, Caíque. As mulheres são vagabundas e os homens, pederastas. Abre o olho." Meu avô adora falar essa palavra que nunca vi ninguém usando: pederasta. E não é que meu avô tinha razão? O "devasso" é logo o professor!!

– Seu avô é muito careta, Caíque.

– Não fala do meu avô, já avisei!

Se Caíque respondeu agressivo, Yasmin devolve calma, com firmeza.

– Não fica todo nervosinho que largo você aqui e vou embora sozinha. Sabe o que eu li? Todo mundo pensa que os artistas têm uma tendência para a homossexualidade. Mas fizeram uma pesquisa que mostrou que não é assim. Quem é homossexual e é engenheiro, por exemplo, ou carpinteiro, ou soldado, fica escondido, não assume como os artistas fazem, ninguém fica sabendo, são casados, têm filhos, mas fingem gostar do que detestam. Cara, isso é que é ser infeliz. Mais de bem com a vida é o Castilho, que assumiu e pronto, vive sem medo, sem vergonha, sem fingir, vive na maior. Ninguém deu bola para o fato de o Castilho ser homossexual, Caíque. Só você. É bom pensar nisso. Só você, cara.

Eu amo essa mulher. Ela é inteligente, tem uma cabeça livre, é a mais madura de todos nós, parece uma adulta, eu queria ser como ela. E é verdade – todo mundo comentou que o Castilho era homo, deu aquela fofoca toda logo que acabou o ensaio e depois voltou tudo ao normal, ninguém falou mais nada. Só da minha cabeça é que isso não sai. Sou bem estúpido mesmo.

– Promete que vai decorar o texto hoje?

– Quer que eu prometa mais o quê, gata, gatinha, gatona? Tudo o que você quiser eu prometo.

– Que vai estudar para ter média sete e não ter que sair do CNF.

– Prometo. Que mais?

– Promete que vou ser a única mulher da sua vida.

– Prometo, juro, beijo suas mãos, beijo seus pés.

Me ajoelhei no meio do shopping e beijei os pés da minha deusa. As pessoas passavam e riam.

– Adorei isso, Caíque. Beija de novo.

Me joguei de novo no chão, beijei os pés dela e berrei: "Amo essa mulher! Para a vida toda! Shopping: amo essa menina!!".

Todo mundo olhou.

E não é que, quando eu me levantei, ela se abaixou e beijou meus pés também? Ela falou baixinho: "Você é especial, Carlos Henrique. É o meu especial".

Ela nunca tinha me chamado de Carlos Henrique. E nunca ninguém falou o meu nome de modo tão suave, tão doce, tão delicado.

● ● ● ● ● ●

O beco era muito escuro. Sujo. Lixo por toda a parte. Eu não sabia que era um beco, achava que indo por ali eu cortava caminho. Como estava muito escuro fui me encostando na parede. Consegui ver um poste, mas a luz estava apagada. Depois de algum tempo pensei que seria melhor voltar e fazer o caminho de sempre – comecei a desconfiar de que havia algo errado. Um poste acendeu – e apagou. Um medo, ainda pequeno, falou bem baixinho: "Caíque, estou aqui".

• • • • • •

Chego no ensaio com o texto decorado. Levanto o polegar para o Cuca Fresca significando que eu agora vou botar pra quebrar.

– Decorou o texto, Caíque?

– Decoradíssimo, Castilho. Seu melhor ator hoje vai arrasar. Olha aí, povo, hoje não vai ter para ninguém. Acabou minha fase ruim. Que que a gente está esperando para começar?

Olho para Yasmin – ela sorri com os olhos.

Olho para o Castilho.

– Vamos lá, Castilhão.

Ele sorri com o corpo.

E o nojo acabou.

No lugar do nojo, o pânico!!! Foi três semanas depois.

O Castilho estava dirigindo o Luca, dizendo como ele deveria fazer uma cena de carinho com a Yasmin. Eu deveria estar sentindo ciúme. Não estava. Fiquei fascinado vendo a maneira como Castilho levantava as questões, como dava caminhos para o Luca experimentar.

– Erra, Luca. Erra. Mas investiga. Experimenta. Explora as possibilidades desse personagem. Não é só decorar o texto. Trabalhe com as características do Des Grieux. Use o corpo.

E a gente foi vendo o Luca melhorar, e melhorar e ficar grande em cena, enorme, e o Castilho, Vai, Luca, esse caminho é bom, vai, Luca, quero ver o personagem pensando, pensa que você tem de impedir a Manon de ir embora, mesmo sabendo que ela vai. Obrigue a Manon a ficar, mas ela está indo embora, Des Grieux! Não deixa, impede, comova a Manon, comova a plateia. Penetre nesse mistério que existe entre o medo – que ela vá embora – e o prazer, que será imenso se ela ficar. Vai, Luca, entre o medo e o prazer. E Luca fez a cena e foi deslumbrante e quando acabou estava todo mundo chorando, todo mundo tocado. Eu pensei: o Castilho é impressionante! Como foi que ele conseguiu isso do italianinho? Como foi que eu fiquei com nojo de uma pessoa tão fantástica como ele?

– Nada acontecerá de mal na sua vida se você nunca for ao teatro. Ou se nunca fizer teatro. Ou se nunca tiver um contato mais direto com a arte. Entretanto, se você for ao teatro ou se você fizer teatro, muita coisa boa pode lhe acontecer.

Meu coração bateu diferente.

O que está acontecendo, meu Deus?

– A arte desperta a sua consciência crítica. Você só será uma pessoa útil à sociedade se se interessar pelo mundo, se duvidar das frases feitas, se duvidar dos dogmas, se tiver curiosidade permanente, se duvidar, duvidar, duvidar. E se investigar! Para, então, com o resultado da investigação, ter uma opinião própria: não tenham ideias herdadas dos outros. Construam suas próprias ideias.

Não!

Não!!!

Veio o pânico!

Isso não!

Estou… não, não, não!!

Me ajuda, Yasmin! Me ajuda!

Duas semanas depois eu não tinha mais dúvidas: a certeza era absoluta.

Não me foi permitido qualquer espaço de negociação: eu tinha sido fulminado. Brotou subitamente, imensa, dentro de mim, uma paixão galopante pelo Mário Castilho.

Virei um prisioneiro.

Um escravo.

Mergulhei sem rede no mistério que existe entre o medo e o prazer.

Em imagens rapidíssimas, explode, na mente de Caíque, o rosto alegre de Ricardo. Caíque se assusta. Parece que levou um choque elétrico.

Olhar perdido.

Boca entreaberta.

– Não quero sair da escola, mãe. Não quero! / O CNF é o melhor colégio do Rio, Caíque. Vamos para lá. Sou eu – o seu avô – que estou mandando. Não me desobedeça. / Pai, por favor. Meu avô não manda em mim! Mãe!!

Outra vez a imagem de Ricardo, misturando-se com as recordações que estavam apagadas: a lembrança dos abraços e do primeiro beijo na boca.

– Mãe! Mãe! / Que foi, meu filho? Que alegria é essa? / Mãe, dei hoje o meu primeiro beijo na boca, mãe! Na boca! / É mesmo, filho? Conta como foi. / Eu acho que estou apaixonado, mãe. / E como é o nome dela? / É o Ricardo, mãe. / Eu juro que não beijo mais homem nenhum, vô! Eu não sabia que era proibido. Eu juro, vô: não beijo mais. / Você vai adorar o Colégio Novos Futuros – tem campos de esporte, é na Barra da Tijuca, pertinho do mar. Fica tranquilo, meu neto, você vai gostar. / Vó, fica do meu lado. / Estou do seu lado, Caíque. Não quero que você mude de escola. Isso tudo é uma grande asneira, Barbosa. / Sua avó não manda nada. Eu, sua mãe e até seu pai somos três. Ela é uma só. Ganhamos por três a um e fim de jogo!

Já beijei homem na boca! Agora lembro tudo. Eu falava que estava apaixonado pelo Ricardo!! Então... sou igual ao Castilho.

Sempre fui. Então, sou gay... E a Talita? E a Yasmin? E todas as outras? Então... será isso?... será que sou bi?...

Caíque está assustado. O ensaio segue. Ele sabe que vai demorar um bom tempo até chegar a hora do Lescaut entrar em cena. Caíque sua frio.

Logo eu? Por que comigo? Eu não podia ser normal como todo mundo? Estou com muito medo. Tenho de ser um "degenerado", como diz meu avô? Meu avô!! Cara!! Meu avô não pode saber! Ninguém pode saber. Agora eu sei quem sou. Agora me conheço. Mas não quero nem saber: não digo nada para ninguém e vou ser homem até o dia da minha morte. Detesto isso, não quero, tenho de me grudar na Yasmin para fugir do Castilho. Não vou mais ao teatro, dane-se o compromisso, não vou e pronto. Dane-se o Castilho. É nojento homem com homem. Não quero mais ser ator.

Preciso de ajuda. Tenho que desabafar com alguém. Eu vou mesmo passar a minha vida gostando de homem e de mulher? É coisa de maluco, eu enlouqueço. Preciso de ajuda... é nojento!!

Eu sou nojento.

Quem pode me ajudar? Ninguém vai entender isso. Não tenho coragem de contar para ninguém. Falo com o Cuca Fresca? Com a Yasmin, nem pensar. Com meu pai? Minha mãe, nunca!

Quem podia me ajudar era o Castilho.

• • • • • •

O pesadelo, de novo. Acordei tremendo todo. O beco tinha aparecido mais uma vez. Yasmin estava lá, lindíssima, vestida com aquelas túnicas árabes, parecia uma odalisca de Carnaval. Sorria e estendia as mãos para mim, encostada na parede da direita. Na da esquerda, rindo com um sorriso cativante, sedutor, estava o Castilho. Os dois vinham na minha direção, e o rosto deles agora era cara de monstros. Eles riam alto e a risada era um som horroroso, grotesco. Estenderam os braços, eu comecei a fugir, mas os braços deles se esticaram – como os braços de um super-herói de um gibi antigo do meu avô: os braços do Homem de Borracha. Castilho e Yasmin passaram por mim, não me tocaram, e se puseram na entrada do beco. Sem tirar os olhos deles, comecei a correr de costas, bati na parede do fundo, caí. Só então percebi que a corrida era inútil: não existia saída.

●●●●●●

Caíque está aprisionado. As palavras de Castilho exercem um poder encantatório sobre ele. Caíque decide não ir aos ensaios, mas vai. É arrastado para lá por uma força que ele odeia. Pensa que tem de inventar uma boa desculpa para sair dali, mas entra no auditório e sente-se pleno. Em seguida, atordoado. Que bom que a Yasmin está aqui, assim eu me protejo na minha namorada, e bem que a Yasmin podia faltar um dia, para eu ficar sozinho com o Castilho, livre da presença dela.

– As escolas ensinam conteúdos e competências. Mas nem todas ensinam afeto. E isso o teatro possibilita ao ser humano: o teatro exercita o afeto. E mais: o imaginário, o poético, o estético, o sensível – algumas das escolas não percebem nada disso, não conseguem ver aquilo que não se vê. Fiquem com uma frase que é uma bela sacada, de uma das maiores autoras de teatro infantil brasileiro, Maria Clara Machado: "De vez em quando, fechem os livros. E abram os olhos".

Maravilhoso: não conseguem ver aquilo que não se vê… isso é brilhante! Fascinante. Nunca tinha pensado dessa forma. Castilho diz o que gosto de ouvir. Mas não preciso casar com ele por causa disso. Me grudo na Yasmin e não saio do teatro. Fico com os dois. Quer dizer, com os três – com o teatro também. O Castilho é tudo – é genial. A Yasmin, coitada, perto dele é uma criança que não sabe nada da vida.

– Caíque, vamos lá. Cena em que você vende a sua irmã.

Começa a cena. Caíque parte de modo muito agressivo contra Yasmin-Manon. As ideias se misturam na sua cabeça, ele tem que vender a irmã para um homem rico, mas quer mesmo é agredir Yasmin – está cheio de ódio por ela.

– Para a cena. Você, Caíque, não tem raiva da sua irmã. Não entendo por que hoje você está fazendo a cena tão agressivo. Qual é a sua proposta?

Como proposta? Não tenho proposta nenhuma. Tenho raiva da Yasmin, só isso.

– Castilho, eu pensei que podia ficar mais emocionante assim – minto com convicção.

– Perceba o contexto: você quer tirar proveito da beleza dela, do charme, da sua capacidade de sedução. Seja mais dissimulado, menos direto. O seu personagem é um cínico.

Cínico sou eu. Quero você para mim e dissimulo. Tenho de ir embora daqui. Não gosto de homem, só gosto de mulher, eu amo a Yasmin.

Amanhã, não venho.

• • • • • •

Fumo cada vez mais. Menti para minha mãe que agora tem ensaio às quintas-feiras, E logo na hora do almoço, mãe.

Não dá para encarar a "dona Eliana".

· · · · · ·

Eu sou um cara inteligente – por isso, sei que estou ficando maluco. Tenho certeza disso. Se havia uma coisa boa na vida era beijo na boca – com a Yasmin. O mundo ficava de pernas para o ar. Agora, quando beijo, quando fecho os olhos, vem a imagem do Castilho. Não vai demorar muito para eu enlouquecer de vez. Eu adoro a Yasmin. Não há, não pode existir namorada mais maravilhosa neste mundo.

– Castilho é gay, mas é legal.

– Viu o que você falou, Caíque? Que preconceito. Parece nossos pais falando. Nem nossos pais: nossos avós! O Castilho é legal apesar de ser gay?

Caíque fica calado. Mas o pensamento jorra: é, Yasmin, você matou a charada. Falei como meu avô. Ele é que está certo. Ele diz que não são pessoas confiáveis.

– Falei como meu avô, mesmo você acertou.

– Cara, esse seu avô, hein?

– Não fala mal do meu avô. Nunca mais, está entendendo? No meu avô ninguém toca.

Caíque vai saindo. Se segura. Diz, Não gosto que falem do meu avô, e acende um cigarro.

– Está fumando demais, amor.

– Ai, droga. Lá vem a minha mãe-Yasmin.

Ela percebe que Caíque está muito nervoso, esquisito, estranho. Será por causa das notas? Sugere, com carinho, que ele estude mais porque, senão, será reprovado.

– Sai para lá, Yasmin. Você não sabe nada de nada. Boa nota não é tudo. Vê se aprende um pouco com as coisas que o Castilho fala. "Feche os livros e abra os olhos."

– Às vezes, Caíque. É para fazer isso só às vezes.

– Não enche, dona Sabe-Tudo.

Ela sente-se magoada. Por que ele está assim?

– Por que você ficou tão agressivo? Você está diferente, Caíque. O que está acontecendo?

Caíque se assusta. Recupera-se. Investiga.

Diferente? Diferente como? O que você está notando de errado? / Quer saber? Seus beijos, por exemplo. / Como assim? / Você gosta de outra? / Vai se catar. / Você sempre foi mulherengo. / Me esquece. / Você não beija mais como antes. / Tá maluca. / Quem é a outra? / Corta essa, Yasmin. Não tem ninguém.

E fala com ênfase redobrada: Você é a única mulher da minha vida. Você é que está chata demais. Você não era assim.

– Então me dá um beijo. Como antes. Gostoso.

– Agora não. Depois.

Yasmin olha sério para ele.

– Vai se catar você.

Ela dá as costas. Vai embora. Caíque fecha os olhos. Mãos na cabeça. Sente-se perdido. Sai da minha cabeça, Castilho, desaparece, some, não enche!, me deixa! – como eu gostaria que você aparecesse de repente.

• • • • • •

Na saída da escola, tudo o que Caíque não queria.

– Oi, filho. Vim te ver.

– Oi, mãe.

Não, minha mãe, não! Hoje, não. Não, mãe, não posso almoçar.

– Vamos almoçar na…

Eliana tem um cigarro apagado na mão. Parece mais nervosa,

ainda mais agitada. Decidiu que hoje vai sair da agência de publicidade.

— Mãezinha, não posso. Minhas notas estão péssimas. Tenho que estudar.

Eliana, sempre ansiosa, pergunta, pressionando, se ele vai passar de ano, pede para ele jurar que não será reprovado, apanha o isqueiro.

Ele aproveita o isqueiro e também acende um cigarro.

— Se a senhora me deixar estudar agora, juro que passo.

— Mas não vai comer?

Ele diz que comerá um sanduíche e ela aproveita para atacar André.

— Sanduíche e cigarro. É essa a alimentação que seu pai lhe dá?

Como não vê resposta à provocação sobre André, Eliana ataca.

— Já está com dois maços por dia?

— E você, mãe? Desistiu de desistir de fumar?

— Eu vou parar. É que estou com problemas no trabalho. Ela dá uma tragada e joga o cigarro fora.

— Mas não para. / Eu preciso de um cigarro. De vez em quando. / Então, não me chateia, mãe: eu também preciso. / Você está muito jovem para encher seu pulmão de fumaça.

Eu ia dizer, E você está muito velha para encher seu pulmão de fumaça, mas preferi ser simpático.

— Você também está jovem, mãe. Por isso, devia fumar menos. Vai com calma lá na agência. Tenho que ir. Beijo.

Beija a mãe e some, rápido.

Ela acende um cigarro.

● ● ● ● ● ●

Shakespeare, alegre, corre pelo condomínio. Caíque senta num banco e fica curtindo a felicidade do animal, liberto dos limites do apartamento. Depois de um tempo, Shakespeare volta para perto do dono e enche Caíque de lambidas – definitivo amor.

– Parece mentira, Shakespeare, mas minhas notas melhoraram e voltei à média sete. Não vou sair do colégio. Não posso sair do colégio. Adoro aquilo lá.

Caíque pega no focinho do cachorro e fala no seu ouvido:

– Adoro o Castilho.

O cachorro late como se respondesse. Corre mais um pouco. Volta e fica olhando para Caíque, com seus olhos mansos.

– Estou mal, Shakespeare. Inseguro, confuso, irritado, nervoso.

Caíque olha novamente para os olhos do cachorro.

Preciso de paz. Como eu gostaria de estar ali, quietinho, paradinho, dentro dos olhos mansos do Shakespeare. Fechar meus olhos. Talvez dormir um pouco.

• • • • • •

Dormi. O beco! Foi horroroso. Acordei todo suado, tremendo de novo, acho até que babei. Horrível. Eu estava todo encolhido na parede do fundo do beco, Castilho e Yasmin avançavam, com aquela gargalhada ameaçadora. Quando eles ainda estavam a metros de distância, os dois esticaram seus braços de Homem de Borracha, me agarraram e, depois, recolheram os braços. Feito gato brincando com rato. A minha agonia maior era que eu queria gritar e a voz não saía e parecia que eu estava acordado dizendo para mim mesmo – eu estou tendo o pesadelo do beco, a voz não sai, se a voz sair eu acordo, e eu fazia um esforço enorme para fazer sair o meu grito e nada, e os dois avançavam e riam, riam, riam, com aquele som do

O BECO DO PÂNICO 77

Diabo. Chegaram bem perto e Castilho arrancou os meus olhos. Mastigou. Parecia que estava comendo o doce mais gostoso do mundo, ele comia os meus olhos, mas eu continuava enxergando, o grito não saía e Yasmin começou a comer a minha boca, ela enfiou o braço de borracha no meu rosto, arrancou os meus lábios e ficou lambendo como se fosse um sorvete, a minha língua balançando no meio da minha cara sem lábios. O braço de borracha do Castilho arrancou o meu coração e eu vi meu coração pulsando e Yasmin agarrou nele e Castilho não largava e os dois ficaram puxando o meu coração, um para cada lado, e o coração estava fora do meu peito, mas doía, doía muito o meu peito, como se estivessem me rasgando todo por dentro, e o grito não saía, e eles riam, acenderam--se todas as luzes no beco, eu não tinha mais olhos, mas via a luz, aquele clarão gigantesco, e, com os dedos de borracha, compridos até não poder mais, eles começaram a quebrar, começaram a abrir, começaram a martelar até destruir completamente a minha cabeça.

Aí veio o horror, eu, em pânico, vendo aquilo: os dois, Castilho e Yasmin, felicíssimos, de mãos dadas, sentados no chão e chupando uvas num cacho e, de repente, o cacho se transformou no meu cérebro e eles chupando, rindo, chupando.

••••••

Ao telefone. Um sábado à tarde.

– Caíque, vamos ao cinema? / Não. / À praia? / Não. / Vamos, amor, maior sol. Vamos sair. / Tá. / O que você quer fazer? / Nada. / O que você tem, Caíque? / Não torra, Yasmin! Toda hora a mesma coisa: "O que você tem?!". Parece a minha mãe. / Detesto quando você me compara com ela. / Então não seja igual a ela. Saco! / Você gosta de outra. Tá na cara. / E você anda de ti-ti-ti com o Luca! / Tá maluco, Caíque? Tá pirado! / Eu não vejo nos ensaios? / Aquilo é teatro, Caíque. Não é você que quer ser ator? Vai ter ciúme agora? / Tenho ciúme sempre. / Você mudou de assunto. Diz o nome. Quem é ela? Tá interessado em quem?

A imagem clara do Castilho explode na mente de Caíque.

– Se continuar me enchendo o saco, desligo essa porcaria.

– Se desligar, não me ligue nunca mais. Quem é ela?

Caíque desliga: "Quem é ele? – sua idiota. Quem é ele?".

● ● ● ● ● ●

Yasmin, cansada do comportamento instável de Caíque e chocada com a sua agressividade gratuita, chega perto dele, diz a frase, dá as costas e vai saindo, decidida:

– Te amo muito, já não te aguento mais, adeus.

Dá dois passos. Vira-se para ele.

– Tchau. Ela despede-se com muita raiva: Um beijo… – neste momento, sua indiscutível firmeza dá uma vacilada.

Desaparece.

● ● ● ● ● ●

– Não acredito!

– Você conseguiu ver na televisão?

– Eu estive lá com meu pai no ano passado!

– Cara, o avião veio e furou o prédio! Furou!!

– Os caras são malucos! Se suicidaram.

É o assunto do dia. A excitação é geral. Todos comentam o ataque às Torres Gêmeas. Na porta do CNF, vários grupos agitados. As aulas foram suspensas.

– Meu pai falou que os japoneses já tinham feito isso antes. Eram pilotos suicidas!

– Cara, acho que eu já vi aquelas torres pegando fogo umas vinte vezes hoje, na televisão!

– Meu pai falou que pode vir outra guerra mundial!

– Vai ter guerra? Eu não vou para a guerra! Não vou mesmo!

– A gente está fora. Ainda não temos idade!

– Se for guerra é lá com os Estados Unidos, não é com a gente, não!

– Pra guerra não vou. Eu fujo.

• • • • • •

Depois de mais uma vez traído por Manon, sofrido, humilhado, Des Grieux vai se encontrar com ela. A cena é difícil para Yasmin e Luca. Castilho vai levando o ensaio com muito tato e delicadeza porque sabe:

a) que a cena termina num beijo apaixonado;

b) que a presença do Caíque, ali, é um elemento perturbador – mesmo não sendo mais namorado de Yasmin;

c) que é visível a atração que Yasmin exerce sobre Luca.

A cena do beijo não dá certo. Há pudores, vergonha do beijo em público. Castilho repete diversas vezes, sempre orientando e protegendo com cuidado a intimidade dos alunos envolvidos, além de ter de repreender os demais pelos risinhos excitados.

Caíque faz tudo para que não percebam, mas sente vontade de vomitar.

Ele está quieto na sua cadeira. Cuca Fresca percebe que Caíque desvia o olhar do palco, cruza e descruza as pernas, pega o maço e, como ali não se fuma, fica tragando o cigarro apagado.

Castilho chama Caíque.

– Faz um favor para nós. Vê se consegue, no depósito, umas correntes mais pesadas.

O professor quer evitar o seu sofrimento, tirando-o da sala.

– Aproveita e dá uma fumadinha – diz Castilho, cúmplice, ao ver o cigarro apagado.

– Posso ir também, Castilho?

– Vai, Cuca Fresca. Vocês dois não entram em cena tão cedo.

Lá fora, Cuca Fresca procura relaxar o amigo.

– Já te contei do cara que tinha uma Coleção de Peidos? Agora não, Cuca. Me deixa. Para que você pediu para vir junto? Quero ficar sozinho. Caíque segue andando, sem responder. Esse Cuca não me solta – vai arranjar uma namorada, cara!

– Se eu fosse você, Caíque, eu teria morrido. Eu, que não sou o namorado da Yasmin, fiquei com ciúme. Imagina você.

– Não sou o namorado dela.

– Não é, mas foi. E será.

Caíque olha Cuca. Tem um tom grave na voz.

– Deus te ouça, Cuca.

– Me dá um trago.

Caíque dá o cigarro a Cuca.

– Esse cigarro é muito forte, cara.

– Gosto assim. Pego logo um câncer e acabou. Acho que vou dar um tiro na cabeça.

– De quem? – Cuca ri.

Caíque, irritado, não acha graça, anda de um lado para o outro, esbarra em Cuca.

– Desculpe. Pisei no seu pé.

– Não faz mal. Tenho outro. Caíque, a Coleção de Peidos é maneira. Quer ouvir ou não?

Não há resposta. Cuca Fresca entende que o amigo está perturbado e vai se afastando: decide ir sozinho pegar as correntes. Sai assobiando e segue num papo imaginário com Caíque: E você fica aí na tua, amigão, fica aí, cultivando o seu ciúme e o seu cancerzinho. Se eu um dia beijar na boca uma mulher como a Yasmin... – essa não é para você escutar não, amigão, é só aqui para o Cuca Fresca – se eu um dia... cara, seria beijar aquela boca e, depois, bum! – já podia morrer, mas morrer mesmo! Yasmin é o primeiro lugar – primeiro em tudo.

••••••

Quando o ensaio acabou, todos foram embora, mas Caíque estava apático, plantado, sem vontade. Tenso.

– Vamos nessa, Caíque?

– Acho que vou ficar mais um pouco, Cuca. Vou conversar com o Castilho.

Conversar com o Castilho?

O quê?

Caíque vai ter coragem de dizer tudo a ele? Falar da paixão? Vai se entregar?

E Castilho? Vai dizer o quê?

– Hoje não posso, Caíque. Tenho um compromisso. Podemos conversar amanhã? Obrigado por ter trazido as correntes.

Vazio o auditório.

Vazio o espaço cênico.

Caíque sobe no palco. Anda um pouco sem rumo, sem saber o que fazer da vida, pegando e largando os objetos de cena. Diz alto uma frase do seu personagem, não gosta, repete mais duas vezes.

Vê a boina usada por Manon-Yasmin. Pega com carinho.

Amassa a boina, joga-a no chão e sai.

Yasmin e Luca estão se beijando.

Caíque fica duro como uma pedra, os olhos esbugalhados.

Consegue girar o corpo para o outro lado e desaparece rapidamente.

– Como esperei isso, Yasmin. Há quanto tempo que só penso em te namorar. E abraçar você em cena, isso estava me perturbando... faz tempo que sou apaixonado por você... gata, eu estava ficando sem saber o que fazer. Nem acredito que chegou o dia. Consegui!

– Luca... acho que foi a cena que a gente ensaiou... era muito romântica, muito apaixonada. Acho que saí do ensaio ainda meio--Manon.

Yasmin ri. Luca, sempre disponível, ri também.

– Esse beijo, Luca, veio no embalo do ensaio. Foi só isso.

Ela fica na dúvida se fala ou não.

– E, também, a gente se beijou porque estou meio carente, depois de brigar com o Caíque. Sinto falta dele. "Baixou" a Manon, só isso.

– Você não gostou do beijo?

– Foi ótimo. Adorei.

– Então, Yasmin: vamos namorar. Você está sem namorado.

– Prefiro combinar assim: a gente se beija só na peça, ok?

● ● ● ● ● ●

Caíque está mal, horroroso, intragável. Não está aguentando a si próprio. Sofre a ausência de Yasmin. Sabe que é uma menina maravilhosa e que não há ninguém, ninguém, Ninguém que chegue aos pés da minha deusa. Por que você me traiu, gatinha? Quero que o Luca seja atropelado e quebre as pernas. Seis meses de gesso – deitadinho na cama. Eu vi o beijo, Yasmin – e vi que você gostou. Vi você agarrando o Luca com o mesmo jeito agitado como você me agarrou na primeira vez. Eu odeio você, Yasmin, burra, burra, vou escrever pelas paredes da escola "Yasmin é uma galinha", sai da minha cabeça, Castilho, vai embora, sai da minha cabeça. Se eu pudesse, Yasmin, eu passava a minha vida com você, fazendo planos, passeando, rindo, levando você na montanha-russa, desaparece Castilho!, sentando ali na Pedra do Arpoador para ver o pôr do sol, o Rio de Janeiro deserto, ninguém no Rio, só nós dois, o casal maravilhoso, as duas pessoas que se amaram tanto como nunca ninguém amou, sai daí de dentro, Castilho, me deixa! Se eu pudesse, Yasmin, eu te deformava toda, desarrumava esses cabelos, cortava essa cabeleira linda, mostrava a sua careca, feia-horrorosa para nenhum Luca querer tocar em você – não querer nem olhar. Nem Luca nem ninguém. Se eu pudesse eu te vestia com uma roupa toda rasgada, um peito aparecendo, sujava você toda e te cuspia em cima e amarrava você numa corda e desfilava com você pela praia, e seus olhos suplicando, como faz o Shakespeare quando brigo com ele, e você pedindo, Me solta, pelo amor de Deus, me perdoa, eu não beijo mais homem nenhum, Caíque, você é o meu homem, eu serei só sua, e eu, se pudesse, amarrava você numa árvore e na sua frente, de propósito, eu beijava a Luana e passava a mão na Martinha e… e sabe o que eu fazia, idiota?, eu beijava na boca o nosso Castilho, o meu Castilho, e dizia bem alto, É com ele que quero ficar, traidora, não quero mais você, e te desamarrava da árvore e puxava você pela coleira, e você, feito uma cadelinha, com sede, com fome, com febre, sendo chicoteada, como a Manon Lescaut – a prostituta da Manon Lescaut – você ia ficando cada vez menor e eu dizia, Late, late, e você, Por favor, Caíque, não faz isso comigo, e eu, Late, late, e você latia e a praia toda ria e eu te humilhava, se pudesse… Você ia me pedir ajuda e eu ia negar – e ficava, ao seu lado, rindo, de mãos dadas com o Castilho. Se eu fosse Deus, eu queria que você morresse, que o Luca morresse, que o idiota do Castilho morresse, eu queria que eu morresse hoje, pelo amor de Deus, Yasmin, pelo amor de Deus, volta agora pra mim.

• • • • • •

André entra correndo no quarto de Caíque, que berra, Socorro! Me larga! Polícia!!! Acorda o filho.

– Pesadelo, garoto?

Caíque respira forte, o coração está disparado, ele senta na cama, olha o pai, abraça André pela barriga, começa a chorar feito criança pequena.

• • • • • •

Yasmin abre seu livro de inglês. Tem um papel lá dentro, escrito em tinta vermelha: "Fora com os árabes! Assassinos!!".

Seu coração dispara. De medo.

• • • • • •

Com o bilhete na mão, Yasmin dirige-se para a Sala da Direção. Está assustada.

Antes de bater à porta, para, pensa.

Acha melhor não mostrar a ameaça para ninguém. Isso pode fazer com que todo mundo que é contra os árabes passe a olhar para mim com ódio, pensou. E esse bilhete pode ser coisa de uma pessoa só. É melhor eu ficar na minha. Não chamar a atenção.

O BECO DO PÂNICO 85

••••••

Quando chega no ensaio, Caíque é pego de surpresa.

– Vamos lá, Caíque, enquanto o povo não chega. O que você quer conversar comigo?

Taquicardia imediata. Agora?! Não! Eu estava embalado ontem. Não quero. Não vou falar aquilo. Não tenho coragem.

– Ah, não precisa mais não, Castilho. Era uma coisa do personagem. Mostro em cena, é melhor.

Taquicardia aumenta.

Chegam Luana e Cuca Fresca. Riem muito. Caíque agradece a Deus a chegada deles. Castilho diz, Ok, então me mostra em cena, e se afasta. Luana pergunta a Caíque se ele já conhece a Coleção de Peidos.

A Luana é uma gracinha. Quem sabe a gente começa tudo outra vez?

Cuca Fresca puxa Caíque para um canto dizendo que é urgente, que precisa contar uma coisa antes que o ensaio comece.

– Desembucha, Cuca – Caíque olha interessado para o decote da Luana. Ela finge que não repara, mas ri por dentro, com o ego inflado e a conclusão definitiva: Ainda bem que botei esta blusa.

– Estou apaixonado pela Luana, Caíque.

– Vai fundo, cara. / Falta coragem. / Então, vai raso. / Que papo é esse de "Vai raso"? / Então não vai, Cuca. Desiste. Como sempre. Deixa pros outros. / Cara, você está mal-humorado outra vez?

••••••

Yasmin vem pelo corredor da escola. Triste porque sente falta do Caíque. Preocupada porque Caíque não está nada bem, cada vez mais agressivo, todo dia mal-humorado. Mas ela também está péssima, sentindo-se só, com a alma meio capenga.

Vêm na direção dela alguns alunos e alunas do terceiro ano, os "donos da escola".

Cercam Yasmin, que fica espremida no meio de todos.

– Muçulmana!

– Terroristas! Árabes assassinos!

– Meu pai disse que a gente tem de expulsar do Brasil toda essa raça nojenta de vocês!

Um deles dá um violento tapa na cabeça de Yasmin.

Ela grita.

– Se gritar apanha mais. Sabe quantos morreram na explosão das torres? Sabe quantos, muçulmana?

Um soco no rosto.

Mais socos. Todos batem.

Yasmin quer gritar e não consegue. Muita dor. Pancada de todo lado.

Todos se afastam correndo.

Yasmin, caída no chão, passa a mão pela boca: o sangue escorre, grosso, pelo nariz.

• • • • • •

Uma verdadeira revolução na escola.

Yasmin foi encontrada desmaiada e levada para a enfermaria. Começou a caça aos agressores. Quando Yasmin acordou, disse o nome de todos. A expulsão foi imediata. No Clube de Teatro, a revolta era absoluta. Caíque disse que matava se encontrasse um deles na rua. Luca disse o mesmo. Um olhou para o outro com vontade de matar, não mais os agressores de Yasmin, mas um ao outro.

Castilho estava incendiário, queria levar todos à polícia, prender por um bom tempo. Outros queriam linchar. Caíque foi logo propondo uma passeata. Foi um dia agitado.

– Sabem por que não vão presos? Porque os pais têm grana! – os alunos nunca tinham visto o Castilho com tanto ódio no olhar.

Passados uns dias, tudo voltou ao normal. Menos o corpo de Yasmin, que continuava com vários hematomas, o belo rosto inchado, o olho direito bastante roxo.

Quando Yasmin volta aos ensaios, é recebida com uma salva de palmas, puxada por Castilho, mas, imediatamente, assumida por todos.

– Obrigada pelo apoio, pessoal.

Yasmin olha para todos no palco. Fala bem devagar, quase chorando:

– Acho que só agora eu compreendi verdadeiramente o que deve ser a dor dos judeus e dos palestinos nessa luta maluca no Oriente Médio... Antes, eu entendia aqui, na cabeça. E ficava revoltada com tanta guerra. Agora, eu compreendo quando converso com o meu medo.

Todo mundo em silêncio.

– Vamos ensaiar, gente: eu quero trabalhar – tenho saudade... Preciso trabalhar.

Luca dá-lhe um beijo na face.

Caíque, que não fala com Yasmin desde a separação, fica no seu canto. Chocho.

Então, eles estão juntos – é o que Caíque pensa. O que é que eu faço, meu Deus? Vou é ouvir o que o Castilho está dizendo. Viva a energia desse homem, que me mantém ligado. Castilho fala contra o fundamentalismo antiárabe, contra o fundamentalismo antissemita, faz vários paralelos com o universo de Manon Lescaut e termina dizendo que o teatro tem a sua função social, que existe principalmente para denunciar as arbitrariedades deste mundo. Fala em Brecht – nenhum de nós sabia quem era. Aí, ele deu uma aula brilhante sobre o autor alemão que escreveu para dizer que o mundo e o homem podem ser transformados, que não se deve aceitar passivamente essa história de que o errado sempre foi assim e que não pode ser mudado.

Pelo modo entusiasmado como Castilho falou, todo mundo quis sair dali e ir direto para a biblioteca ler o alemão, especialmente a história do Galileu Galilei, que o Castilho contou por alto.

Hoje, não fizemos a cena do beijo e foi mais fácil, para mim, ficar no auditório. No final do ensaio, ganhei coragem e me aproximei da Yasmin para perguntar como ela estava, mas ela saiu logo com o Luca. Cuca Fresca me garante que os dois não estão namorando. Diz que a Yasmin agora está com muito medo de tudo – de sair na rua, de ser atacada em qualquer lugar. Ela acha que está com a Síndrome do Pânico. Que só está mesmo conseguindo vir às aulas – e ainda assim, porque os caras foram expulsos. Mas agora os pais vêm trazer e levar, com medo de que os covardões, para se vingar pela expulsão, ataquem o meu amor novamente.

É muita informação ao mesmo tempo para Caíque.

Boa – Yasmin não está namorando. E péssima – Yasmin sofre muito.

Caíque também sofre muito por ela.

Com tudo isso, Caíque parece ter se abstraído do Castilho. Ao perder Yasmin, ficou com suas baterias voltadas totalmente para ela, ainda mais depois do espancamento. Pensa em arrumar um jeito de se encontrar a sós com Yasmin.

Esse momento chegou.

••••••

Caíque e Yasmin se aproximam – os rostos tensos.

Ficam parados, um em frente ao outro.

Os olhos estão firmes – um olho dentro do olho do outro.

Ninguém sorri.

Caíque, tenso, põe a mão no bolso e tira um cigarro do maço.

Yasmin, delicada, retira o cigarro da mão dele.

Ela coloca o cigarro novamente no maço.

Guarda os cigarros no bolso do Caíque.

Ao sentir a mão de Yasmin, que roça no seu peito, Caíque estremece.

Ao sentir que sua mão roça no peito de Caíque, estremece Yasmin.

Ela fica com vontade de chorar, mas segura.

Uma lágrima desce no rosto de Caíque.

Yasmin levanta a mão para recolher a lágrima. Desiste no meio do movimento.

Seu braço recua.

Desce outra lágrima – agora, no rosto dela.

Caíque enxuga a lágrima de Yasmin.

Yasmin beija a lágrima de Caíque.

Um tempo em que nada acontece.

Eles se olham.

O abraço é desesperado, mistura de muita raiva e muito amor.

••••••

Vivem em verdadeira lua de mel, agora que retomaram o namoro. Caíque está tão seguro que até fala no assunto, que antes era um tabu.

— Vi você beijando o Luca.

Yasmin se surpreende. Mas não se abala. Pensava que ninguém tinha visto.

— Claro. Você só via o Luca na sua frente.

— Nada disso, Caíque. Eu só via você, bobalhão. Disse ali mesmo para ele que aquilo só tinha acontecido porque eu estava sentindo a sua falta. E tudo bem. Ele entendeu. Nunca mais tentou nada.

Ele pensa, mas nem diz: tentar, tentou, que eu sempre fiquei de olho. Ainda bem que você não caiu na rede.

— Fiquei muito mal sem você, Yasmin. Mas o Cuca Fresca sempre disse que a gente ia voltar.

— Ele sabia do meu desejo — a gente tem conversado muito esses dias. Ele agora está apaixonado pela Fernandinha.

Falam um pouco sobre as dificuldades de Cuca conseguir um namoro. Sobre seu medo de ser rejeitado. Resolvem dar uma força com a Fernandinha.

— Quero mostrar uma coisa que estou lendo. É bárbaro. Quero que você leia também. Depois eu empresto. É o *Galileu*, do Brecht.

— Está gostando?

— Olha esse trecho aqui.

Yasmin pega o livro. Abre. Fica olhando para Caíque, totalmente sem fala.

Dentro do livro, um bilhete: "Vamos quebrar você, muçulmana assassina".

• • • • • •

Depois de um tempo voltei a sentir a antiga segurança no amor de Yasmin. Desta vez entregamos o bilhete à direção do CNF, que enviou circular a todos os alunos prometendo, além da expulsão, entregar o caso à polícia.

A paz pousou em mim. O beco desapareceu. Um dia, minha mãe me ligou dizendo que ia passar o final de semana em Búzios, com o novo namorado, que tem casa lá. Ela sabe que eu adoro Búzios, com todas aquelas praias, com aquela rua das Pedras, fechada aos carros, e onde temos restaurantes, butiques elegantes e gente linda nas ruas – gente jovem e colorida. Até os velhos são jovens e coloridos em Búzios.

– Você não quer ir conosco?

Pelo amor de Deus!! O que é que eu vou fazer numa casa com a minha mãe e o namorado novo dela?! Estou fora!

– Leva a Yasmin.

Estou dentro!!!

– Beleza, mãe. Não sei se os pais dela vão deixar. Você telefona para eles?

– Claro. Queria muito que você fosse. Tenho saudade do meu filho. E sei que você adora Búzios.

Maravilha, a minha mãe! Adoro ela! Mas adoro mesmo. Quando ela não é chata, é absolutamente fantástica! Foi ela que me apresentou a Búzios – é uma paisagem deslumbrante mesmo. Para quem gosta de praias, como eu, é um prato cheio. Ela me botou no carro, um dia, depois que estava separada do meu pai, pegamos a estrada e ela disse, Vou mostrar ao meu querido filho umas praias fantásticas. Uma pertinho da outra. Búzios, Caíque, é uma península com vinte e seis praias – mas nem todas têm acesso por terra. Aí me mostrou o mapa (adoro ver mapa – dá para a gente entender bem onde está). Vamos começar por aqui, por Geribá.

A praia de Geribá é onde fica a casa do namorado dela, o Ângelo. Não dá para ter ideia do que é aquilo a não ser indo lá. O cara é ricaço. É uma mansão que dá direto para a areia da praia. Na manhã de sábado, eu e a Yasmin tomamos café, abrimos a porta e parecia que a praia de Geribá, imensa daquele jeito, era simplesmente o nosso quintal. Foram dois dias inesquecíveis, com a minha deusa definitiva, a minha paixão eterna, a minha gata, a minha linda, a minha odalisca, a minha tudo. Acho que nunca na vida vivemos dois dias tão apaixonados. Não sei quantas vezes eu disse e não sei quantas vezes ela disse que nunca, nunca-nunca-nunca iríamos brigar outra vez, que nunca-nunca-nunca iríamos sofrer de novo tudo o que sofremos, que nunca-nunca-nunca-nunquíssima iríamos nos separar. As areias de Búzios, o pôr do sol em Búzios, os passeios de noite na rua das Pedras – todos são testemunhas eternas das nossas repetidas e comoventes juras de amor. Não sei quantas vezes choramos abraçados e felizes naquele fim de semana.

No domingo de noite, de volta ao Rio, minha mãe me deixou em casa, eu dei um abraço muito apertado nela, falei, Valeu, mãe, valeu mesmo, gosto muito de você – e acho que nunca-nunca-nunca, em toda a minha vida, eu fui tão sincero com ela.

• • • • • •

Tranquilo com o amor da Yasmin, voltei os olhos novamente para o Castilho. Como um verdadeiro tsunami, o fascínio reviveu dentro de mim. Eu ficava nos ensaios observando o Castilho dirigir as cenas. É um cara inteligente, sensível, rápido no gatilho, improvisa soluções fantásticas, consegue ser afetivo com todos nós, sem exceção.

Quero ele para mim.

Não sei como vou resolver a minha vida. Não sou gay, sempre gostei de mulher, estou apaixonado pela Yasmin, mas quero ele para mim. Quero.

Ontem foi muito ruim viver isso. Hoje está muito pior.

Tenho sido displicente com a Yasmin. Cada vez mais. Acho que amo Yasmin cada vez menos. Às vezes, acho o contrário: amo Yasmin de modo absoluto e odeio o fato de o Castilho existir. Penso sempre: é hoje que me declaro, porque não aguento toda essa confusão dentro da minha cabeça.

É hoje!

• • • • • •

— Castilho, você pode ficar depois do ensaio?

— Posso, Caíque. Por quê?

— Queria levar um papo com você.

Falei, pronto. De hoje não passa. Agora é sofrer esperando o ensaio acabar. E ele? Gosta de mim? Vai me querer? Como é que se faz? Como é namorar outro homem?

O ensaio durou uma eternidade. Castilho ficou novamente naquela cena do beijo e Yasmin beijava o Luca e Castilho mandava repetir e dirigia os atores e Yasmin beijava de novo e eu nem aí, não tinha mais ciúme, queria eu estar beijando o Castilho.

— Castilho, não aguento mais isso, preciso falar. Você já reparou que não sou gay, mas estou completamente apaixonado por você.

Aquilo saiu como uma coisa que precisava ser expulsa. Então, expulsei. A sala vazia. Só nós dois.

— Estou muito nervoso.

— Calma, Caíque. Senta aí — a voz do Castilho era muito tranquila.

Sentei. Ou melhor: obedeci. Ele vai me querer ou não? — é isso que eu preciso saber.

— Pelo seu passado mulherengo aqui nesta escola, desconfio

que você não tem mesmo nada de homossexual. E você pode, apenas, estar fascinado com o teatro e me admirar como professor.

— É paixão! Só penso em você.

Castilho pensa o que dizer – é um momento delicado. Você já teve alguma experiência com homens?

— Só com você.

— Isso não chega a ser uma experiência, Caíque. E a Yasmin, garoto? Você sempre foi tão apaixonado por ela.

— Quero ficar com ela e com você.

Castilho vê que Caíque está tremendo. Fala que é melhor ele esfriar a cabeça, que pode ser tudo uma fantasia. Entretanto, observando bem, percebe que há, em Caíque, um olhar verdadeiramente apaixonado. Fala, com muito cuidado, bem devagar, como que refletindo alto: Talvez, quem sabe, você seja bi.

— Bi? – perguntei, repetindo como um verdadeiro idiota. Eu estava assustado.

— Veja só: não fique assustado – não sei se você é bi. Fiz apenas uma suposição. Você sabe que uma ala da ciência defende a tese de que a bissexualidade é o traço comum a todos os seres humanos? Depois é que entraria o dado cultural e a definição pelo masculino ou pelo feminino.

— Não acredito. Todo mundo é bi?

— Não disse isso. Falei que é uma tese defendida por alguns estudiosos. É polêmico. Um dia vi num jornal – num cantinho de página, bem pequenininho, para ninguém ler – que uns cientistas italianos concluíram que a bissexualidade será o futuro da humanidade.

— Futuro? – lá vem de novo a estupidez de perguntar repetindo o que se acabou de ouvir. Detesto isso nos outros.

— Mas esse futuro não é amanhã. É daqui a duas ou três gerações. Você gosta de mulher – disso temos certeza. Não temos essa certeza quanto aos homens, não sei se você é bi ou não. Entretanto, se for mesmo, não se desespere. Não é nenhuma doença. Por que você não troca ideias com alguém mais habilitado do que eu? Vá a um terapeuta, que lhe ajudará, com certeza. Converse com seu pai. Quem melhor que seu pai, que também é homem como você?

– E eu sou homem, Castilho?

– Claro que é, menino. Você não estava aí apaixonado pela Yasmin? O que você não pode é fugir. Não tem de ter medo de nada. Eu sou homossexual e vivo muito bem. Repito: não é doença, Caíque. Exerça a sua sexualidade – se é bissexual, viva isso. Se é que é.

– Se eu for conversar com um psicanalista vai ser ainda pior. Ele vai – como você – tentar me convencer a ser o que não quero.

Castilho reage. Não gostou. Diz que não quer convencê-lo de nada. Então Caíque conta que, quando tinha seis anos, beijou o Ricardo e que vivia dizendo que estava apaixonado por ele. Depois, graças a Deus, esqueceu de tudo, apagou.

– Agora… com você… tudo voltou. Quando eu andava esquecido era muito melhor. Eu não sofria.

– Essa história dos seis anos de idade não significa nada, eu acho. Parece muito cedo… não sei… não me lembro da minha sexualidade aos seis anos, Caíque. Não sou especialista. Mas é possível que você seja mesmo bissexual. Está mais esclarecido agora?

– Mais confuso, Castilho.

Então, falei do meu pesadelo recorrente. O beco, Castilho: você, Homem de Borracha, comendo os meus olhos e, junto com a Yasmin, abrindo a minha cabeça. E a Yasmin também comia uns pedaços do meu rosto – eu era o prato do banquete de vocês dois, Castilho. O beco era apavorante.

Esperei uma reação do Castilho. Ele não disse nada. Ficou me olhando e eu não soube interpretar o significado desse olhar.

Aí, ganhei coragem.

– E nós? – taquicardia acelerada.

– Escuta com atenção. Primeiro, eu não concordo com relações amorosas entre professores e alunos. Só, evidentemente, se for um caso mesmo de amor incontrolável que leve o casal a viver junto. Segundo, eu tenho o meu companheiro há dez anos, somos felizes e fiéis. Portanto...

Uma cacetada na minha cabeça. Ele é casado! Quis chorar, segurei, fazendo das tripas coração. Me contorci todo, mas não me entreguei.

– O que eu faço com a nossa peça? Você vai ter de me substituir – as lágrimas lutando para cair. E eu não deixando.

– Continue com a gente. O teatro faz bem à alma. E, agora, depois dessa nossa conversa, me ver todos os dias vai ser melhor do que me ver raramente. Quando os encontros são raros, a fantasia aumenta.

– Não é fantasia! – berrei. É a maior verdade de toda a porcaria da minha vida. Você disse que Manon era a impossibilidade de dominar as paixões, era sobre o amor que cega. Cara: já não enxergo nada, Castilho, estou cego, cegueta, eu amo você, droga!

Castilho olhou para mim e vi que ele estava tocado pela minha dor. Quando falou, sua voz estava emocionada.

– Não se esqueça: nada é imutável, garoto. Lembre-se do Brecht: "Tudo pode ser transformado".

E aí, falou com mais ênfase, mais emocionado ainda:

– Não podemos ser passivos aceitando que a realidade é assim e pronto, aceitando que ela não pode ser alterada. Temos de reagir, garoto! Nós temos o poder de mudar tudo, Caíque. Em outro contexto, diferente do nosso, é claro, Brecht escreveu uma frase que se encaixa muito bem aqui: "O homem tem muitas possibilidades".

Castilho deu um sorriso de quem acredita no que está dizendo e de quem gostaria muito que eu acreditasse também. Mas não prestei muita atenção nas ideias do Brecht. O que me deixou feliz foi ver que o Castilho se emocionou com o meu amor.

"O homem tem muitas possibilidades" – o que é que o tal Brecht quis dizer com isso?

••••••

Tirei um peso.

Uma tonelada sobre a minha cabeça.

Estou leve agora.

Leve, mas vazio.

O que faço agora se amo alguém que não me ama? O que faço agora que ele já sabe? O que faço sendo obrigado a ver o Castilho todos os dias nos ensaios? O que faço com a Yasmin, que já não representa mais nada?

Vou contar a ela?

Não posso.

Preciso de alguém para me ajudar – porque eu pareço assim meio calmo, mas acho mesmo que estou é drogado, me sinto meio lerdo, um tanto aboballado. Tenho de conseguir a ajuda de alguém. Impossível contar isso para o meu pai. Eu ia morrer de vergonha. Nunca mais ia conseguir olhar dentro dos olhos dele. Tem coisas que para pai e mãe não se conta. Conto para o Cuca? Meu avô? Meu avô até me deserda, tira todas as ações do meu nome e, se bobear, ainda mato o meu avô querido de um ataque do coração. Vai ser um choque para ele. Mas foi meu avô quem me livrou do Ricardo. Foi o único que teve coragem de tomar uma atitude. Meu avô.

Vou falar com ele.

98   *Clovis Levi*

••••••

Yasmin, abaladíssima, disse que não tinha nada contra os bissexuais, mas que esse beco também não tinha nada a ver com ela, que ela nunca me devoraria num banquete dividindo, um pedacinho que fosse, com alguém. Ia querer todos os pedaços. Me desejou felicidades, falou para eu assumir o que sou senão seria infeliz a vida toda, disse, Estou fora, vou embora – mas não foi. Falou vinte vezes que me ama, chorou de soluçar segurando a minha mão, eu chorei também, ficamos abraçados um tempão sem falar nada, eu sei que amo Yasmin, mas, neste momento, não tem espaço para ela dentro de mim, eu queria que o espaço fosse só dela, mas o Castilho invadiu, tomou conta, não tenho força para lutar contra isso. Ficamos trocando juras de amor e nos despedimos umas cinco vezes. A gente dizia adeus e depois se agarrava e dava muito beijo na boca, lembrava de Búzios, que agonia, meu Deus, eu preciso ficar com os dois, por que não posso?

Não sei por que fui contar para a Yasmin sobre o Castilho. Claro que sei: porque queria que ela – que sempre foi tão aberta – tivesse a abertura de entender o meu drama, ficasse do meu lado, me ajudasse a me livrar do Castilho. Porque me livrar dele é tudo o que preciso – do fundo do coração. Mas veio o "Não vou dividir o meu homem com ninguém".

– Sou aberta, Caíque, mas também não sou escancarada.

Não conquistei o Castilho; perdi Yasmin – baixou o fracasso total. Ela foi embora e estou perdido.

••••••

– Pai, tenho uma proposta fantástica!
– Opa!

— Vamos morar em Portugal!

André olha para Caíque com espanto. O rapaz está visivelmente tenso.

— O que foi que aconteceu, meu filho? O que está acontecendo?

— Nada. Não fiz nada. Me deu vontade de ir conhecer a minha família portuguesa.

— Mas uma coisa é ir lá conhecer a família. Outra é se mudar para Portugal. Não quero sair do Brasil.

André vê seu filho muito agitado. De repente, em pânico, Fala, Caíque, você está metido com drogas? Deve dinheiro a traficante? Está fugindo deles?

— Ih, pai, você viajou! Só fumo cigarro.

André respira fundo, de alívio. Mas não perde a oportunidade.

— E devia parar.

— Quando minha mãe parar, eu paro. / Brigou com a Yasmin? / Que Yasmin nada, pai!

Há um silêncio pesado.

Caíque coloca o CD do Madredeus e seu olhar se perde por um tempo. Depois decide inventar e diz, Quero conhecer a minha avó Agustina enquanto ela está viva.

Como eu gostaria de entrar na cabeça do meu filho, saber verdadeiramente o que pensa, o que sente, o que quer, saber como eu posso ajudá-lo. André decide mudar de estratégia e começa a dizer que Portugal, na verdade, é um país bom para morar, tem um passado muito rico, com diversas influências na sua história, com a presença de mouros, romanos, espanhóis, celtas — e que é legal porque isso se percebe na variedade da arquitetura de diferentes regiões. Tem uma aldeia lindinha, no alto de um morro, bem pequenina, Caíque, mais ou menos do tamanho de Óbidos, com as casinhas todas pintadas de branco: Monsaraz. Foi lá que eu tive a minha primeira namorada, a Felipa.

– Como foi o primeiro beijo?

– Não teve. Ela até hoje não sabe que me namorou.

André ri. Caíque apenas sorri.

Enquanto fala, de modo bem medido, calmo, para ver se consegue fazer Caíque se abrir, André vai sentindo saudade de sua terra e Caíque passa a ouvir com curiosidade crescente, pensando que talvez essa ideia desesperada possa ser uma excelente solução. Ir para Portugal é a minha salvação, tenho de convencer meu pai, já não aguento mais. André se lembra do dia em que o pai lhe colocou no colo e disse, Anda a ver a nossa terra. A sensação trazida por essa lembrança foi tão forte, a música do Madredeus, tão envolvente, que André nem percebeu que ficou mudo de repente, desligando-se por instantes da crise do seu filho.

Recorda-se que entraram no carro e foram duas semanas deslumbrantes: Lisboa, a capital, com aquelas ladeiras de Alfama que lembram Santa Teresa, no Rio de Janeiro; o charme de Cascais; Coimbra e os estudantes em festa pelas ruas, cumprindo os rituais da Queima das Fitas, com aquelas longas capas pretas; as falésias gigantescas de Sagres, onde começou o Brasil português, com a construção das caravelas pelo infante dom Henrique. E André olhou para o seu filho e pensou que ele gostaria de saber disso e falou, Caíque, de repente seu avô gritou Arrifana! Vila Nova de Milfontes!, e me mostrou aquelas belíssimas praias do Alentejo e, depois, disse, Bom Jesus!, e eu, pequenino: Mas, papá, tenho de subir todas essas escadarias? E lá fomos nós, meu pai e eu, subindo o morro, seguindo os passos de Jesus, uma capelinha e um lance de escadas, e as figuras bíblicas lá dentro e meu pai falou bem alto, Telhados Negros!, e me levou a uma aldeiazinha com um nome estranho – Piódão – onde todas as casas eram feitas de xisto e ardósia e as portas eram pintadas de azul, e que é conhecida também como

Aldeia Presépio. E, pegando o mapa de Portugal na mão, levantando bem alto como se tirasse uma espada, ele berrou, Elevador d'Água! E fomos descer e subir o rio Douro, onde vimos aquilo que tinha um nome que eu não conseguia nunca decorar: as eclusas.

– O que é isso?

– São o que o seu avô batizou de Elevadores d'Água e eu fiquei maravilhado com elas: você vem de barco ou de navio descendo o rio, mas, aí, o rio se transforma numa cachoeira. Como é que o navio vai conseguir ir lá para baixo? Ou então você está subindo o rio e aí, na sua frente, tem uma enorme cascata vindo lá do alto. Como é que o barco sobe?

– E eu sei, pai? Conta essa que é legal.

André vê que seu filho ficou realmente interessado. Pensa que descobriu algo que pode levar Caíque a ir se soltando, ele está muito nervoso, o meu filho. Vou tentar descrever as eclusas de um modo tal que Caíque se acalme um pouco. É inacreditável, filho. Inacreditável! O navio entra num corredor feito um beco – fechado na frente. É como se o rio acabasse de repente. Se você quer subir a cachoeira, esse corredor vai se enchendo de água e a água vai suspendendo a embarcação, até que você chega em cima e a comporta se abre. E o barco segue viagem normalmente. Se você quer descer, é o contrário: o corredor onde você está vai se esvaziando. André olha para Caíque, que tem os olhos vidrados na explicação do pai. Aqui no Brasil também tem eclusas, mas ninguém fala delas, filho. Barra Bonita, em São Paulo, tem uma. Depois, seu avô me levou para ver o casario da Ribeira e a magnífica ponte D. Luís, uma grandiosa ponte de ferro, no Porto. Caíque sorri. André também. Então eu quis imitar o meu pai e disse, Neve! e lá fomos nós à Serra da Estrela e meu pai falou, Vamos até lá embaixo escorregando e descemos os dois na neve de esqui-bunda e rimos e rolamos para lá e para cá e rimos mesmo muito, rimos a valer. Que férias fabulosas, que férias com meu pai! Baixa uma enorme saudade em André. Seus olhos ficam cheios d'água. Sua avó ficava em casa, Caíque, não gostava de viajar, acho mesmo que nunca saiu de Óbidos.

Caíque nem ouviu a história da neve, só pensava que tinha de tomar uma decisão senão enlouqueceria, só pensava que não queria mais aparecer no CNF. Então decide que nunca mais quer ver o Castilho, sente muita vergonha por ter se apaixonado por um homem e percebe que está absolutamente aterrorizado com o seu futuro. No desespero insiste, Pai, vamos para Portugal!, e André já se irritando, Ficou maluco, Caíque? Vou largar tudo aqui no Brasil e me mandar para Portugal? Então deixa eu ir sozinho, pai, fico com meus primos, e o pai, definitivo, Vai para lugar nenhum, Caíque, você está no meio do ano letivo, ficou doido de repente, o que está acontecendo? Fala!! Pelo amor de Deus, cai na real: você só tem quinze anos! E Caíque, emburrado, pensa, Vou conversar com minha mãe... conto tudo para ela... Conto tudo! Ela é mulher, talvez entenda... Para o meu pai é que não consigo contar que me apaixonei por um homem. Mas a Yasmin também é mulher – e não entendeu nada... Depois de um grande silêncio, Caíque diz baixinho, Então me fala mais de Portugal.

Mas André não fala nada. O que é que eu devo fazer? Também ele pensa em Eliana: tenho de conversar com ela. Eliana tem o direito de saber que o filho dela está em crise. Mas crise de quê?! Talvez ela saiba de coisas que o Caíque não queira me dizer.

– Fala, pai. Por favor.

André procura se controlar. A vontade é de saber o que se passa lá dentro do coração de seu filho. Sente-se impotente. Não sabe como chegar até Caíque, sente-se incompetente, derrotado como pai. Olha para o filho – angústia pura. Dos dois.

– Conta como acabaram as duas semanas de férias com o meu avô. Estou pedindo, por favor.

E, então, foi horrível, falou André depois de uns segundos. Foi apavorante. Meu pai pegou num osso de galinha e berrou, Évora!! e me fez entrar naquela horripilante capela e leu para mim o que estava escrito no alto da porta: "Nós, ossos que aqui estamos, pelos vossos esperamos", e eu, criança, senti o meu coração disparar de medo, Mas, papá, isso tudo são ossos de pessoas? – perguntei eu no meu português de Portugal. Eu não entendia aquilo: um lugar santo onde as paredes eram feitas só de ossos humanos e onde estavam pendurados dois cadáveres, um de um adulto e um de criança e onde havia uma coluna que ia do chão ao teto feita com uma caveira em cima da outra. São cinco mil ossos dos monges, disse papai, e eu quis correr, quis gritar, mas não conseguia, comecei a chorar baixinho e meu pai foi explicando que aquela capela foi feita de ossos para lembrar aos homens que não devemos ter soberba, porque, no final, todos acabamos assim: ossadas! E eu, baixinho, Papá, quero ir-me embora daqui. Tenho medo. O lugar assusta-me.

A antiga sensação de medo das paredes feitas de ossos retorna forte, mistura-se, em 2001, com o medo do que estará acontecendo agora com o seu filho.

– Quero ir lá, pai. Quero ir para Portugal. Deixa eu ir. Caíque diz que tem trocado muitos e-mails com seus primos e primas, que eles disseram que acabaram de fazer um passeio imperdível, fantástico, a umas grutas enormes e maravilhosas com uns lagos subterrâneos. E eles escreveram que estão me esperando para me levar lá. Quero ir nas Grutas de Mira d'Aire, pai.

André vê o filho cada vez mais confuso, pergunta, Afinal você quer ir visitar ou quer ir morar? O que está acontecendo com você, meu filho? Conta para mim. Vai, se abre.

Caíque não conta. Não responde. Fica no mais total silêncio.

– Vê se você entende, Caíque: tem horas em que fica muito difícil ser pai.

Novo silêncio. E ser filho também, responde Caíque em pensamento. Quero ser autônomo. Não aguento ser dependente. Não ter o meu dinheiro para fazer o que quiser da minha vida. Meu avô bem que podia me dar logo aquela grana das ações e eu me mandava para Portugal.

– Está rindo de quê?

Falo ou não falo? Falo: Estava pensando nas ações que meu avô me deu, reclamando da minha vida que é uma droga e aí veio a imagem do Cuca Fresca: não tem um tostão, não tem namorada, não tem herança, nem avô tem... e está sempre bem-humorado, no maior pique, sempre otimista. E aposto que ele vai sair da miséria, pai – é um cara batalhador. E eu aqui, num condomínio rico da Barra da Tijuca, com uma fortuna em ações e querendo mandar tudo para o espaço!!!

– Ganhar herança é bom, mas dá muito mais prazer o dinheiro que a gente ganha com o próprio esforço. Afinal, Caíque, qual é o problema?

Caíque pensa. Levanta. Desliga o som. Sai sem dizer nada.

• • • • • •

Fui para a casa da minha mãe, disse que estava muito mal, minha mãe me beijou, me abraçou, me colocou no carro e me levou para a praia Vermelha, na Urca – onde ainda dá para ficar em segurança na areia, de noite, porque tem os soldados do Exército e da Marinha. Ela sabe que eu gosto dali, daquele pedaço apertado de areia entre o morro do Pão de Açúcar e o da Babilônia. Ficamos os dois sentados na areia, eu não conseguia falar nada: só chorava. Ela me fez várias perguntas, sempre muito carinhosa, eu não respondia a nenhuma, ela demonstrou todo o seu amor por mim, não insistiu, ficou do meu lado, de mãos dadas, e nós dois olhando o céu, os morros, as ondas do mar. Ainda disse, A adolescência é assim mesmo, filho. Eu me lembro da minha, que foi muito difícil, foi quando eu mais briguei com o seu avô. Eu era a rebelde, tinha dias que acordava detestando o mundo. Mas minha adolescência foi também uma fase linda… e sinto saudade… Tenho certeza de que a sua também está cheia de momentos bonitos.

Eu chorava e chorava mais, com a cabeça no colo da minha mãe. Eu, com quinze anos, já homem, chorando de noite no colo da mãe e não senti a menor vergonha – tinha mais é que chorar mesmo.

Só quando fiquei sozinho é que pude dizer alguma coisa: Mãe, meu problema não é a adolescência, mãe. Juro que não é.

•••••••

Chamo um táxi e vou para a casa do meu avô. Mais uma hora da verdade. Já teve a sessão de tortura com o Castilho, a tortura com a Yasmin, com meu pai, com minha mãe e, agora, meu avô. É melhor decorar o que vou dizer: "Vô, seu neto está se sentindo o homem mais infeliz do mundo. Descobri que sou bissexual e não quero ser isso, vô – quero ser homem". Desse jeito não dá: se eu for falando logo que sou bi ele morre do coração, tem um AVC, piora o Parkinson, sei lá o que pode acontecer. Eu quero meu avô vivo. Então, pode ser assim: "Vô, o que você faria se descobrisse que um grande amigo seu é bissexual? Lá na escola, o meu melhor amigo veio me confessar isso". Devo usar "confessar"?

– Amigo, por favor, entra à direita porque resolvi mudar de planos – vou pra minha casa.

Não tenho coragem.

Com meu avô, não.

• • • • • •

Em casa, vejo que meu pai ainda não chegou. Melhor assim – prefiro não falar com ninguém. Me sinto vazio. Vazio é pouco. É mais. Como se fosse um "vasio" com S: muito mais vazio. Vou para o meu quarto. Pego o CD da Manon Lescaut. Quem diria? Lá fui eu ouvir a ária "Sola, perduta, abbandonata". Shakespeare vem, fica ao meu lado, com o rabo entre as pernas, parece que adivinha. Não "fala" nada, mas me olha com ar grave. Acho que ele pensa "se eu pudesse, faria alguma coisa". Manon Lescaut ocupa todo o quarto. Fecho os olhos e revejo a cena que estamos fazendo no CNF. Sinto saudade da Yasmin. Olho para Shakespeare. Não é possível: Shakespeare está chorando?

• • • • • •

Resolvi que o meu caminho é o mesmo de Manon Lescaut: a morte.

Apanho no quarto do meu pai a caixa de calmantes, tiro os trinta comprimidos da embalagem, penso na Yasmin, penso no Castilho, penso no meu avô, choro feito criança pequena e vou à cozinha pegar um copo d'água. Shakespeare enfia o focinho nas minhas pernas, Agora não, Shakespeare, se você quiser faz aqui mesmo, caga essa cozinha toda, para de me cutucar, para de me encher o saco, sai pulguento, corta essa, esse cachorro é um porre, mija onde você bem entender, Shakespeare, ou você acha que vou deixar de me matar só para levar você para fazer cocô?

O BECO DO PÂNICO 107

Shakespeare começa a ganir bem baixinho. Tenho certeza – sei que ninguém vai acreditar, mas tenho certeza: Shakespeare sabe que vou me matar. Tenho outra certeza: ele está chorando. Chorando porque eu vou morrer. Droga de cachorro, droga de Castilho, droga de coleira, droga de vida, desço irritadíssimo com ele, quando eu voltar, me mato.

· · · · · ·

Meu avô desce do táxi. Me apavoro.

– Que foi vô, que aconteceu?

– Insônia... Saudade de você, que não me visita mais... Saudade da minha vida. Vamos subir?

Dou o braço ao meu avô para ajudá-lo a andar.

– Não precisa. Hoje estou bem. Basta a bengala. Seu pai está em casa?

– Ainda não.

– Melhor assim. Como vai, Shakespeare?

Meu cachorro abana o rabo, lambe a mão do meu avô.

· · · · · ·

– Avô, estou mal.

– Dor de amor?

– É.

– Deixa doer. Deixa doer até o fim. Um dia, passa – ele respira pesadamente ao se sentar na poltrona.

– Você não entende, vô. Não é o que você está pensando. Eu...

– Dor de amor é tudo igual – o que muda são os detalhes.

– Mas esse detalhe, vô, é que...

– Como vai o teatro?

– Mais ou menos. Foi bom você vir aqui hoje. Eu estava indo para a sua casa conversar, mas desisti no meio do caminho. Não tive coragem de contar o que está se passando comigo.

– Então não conta.

– Não quer ouvir?

– Conta.

– Me apaixonei por um homem.

Meu avô fica em silêncio.

– Me traz um copo com água, meu filho.

Vou à cozinha. Shakespeare vem atrás de mim. Vejo os comprimidos, meu avô não pode ver isso, pego tudo e escondo para tomar depois que ele for embora. Eu não devia ter falado nada, estou ferrado, fui falar logo para o meu avô! Ele ficou mal. É melhor ir logo ver como ele está. Ou tomo os comprimidos e nem volto para a sala?

Com o copo d'água na mão, vejo meu avô, que tem um rosto triste.

– O que você tem, vô?

Meu vô não responde. Parece morto. Corro até ele. Sacudo.

– O que você tem, vô?

Ele segue de olhos fechados.

De repente, a voz frágil, repetindo a frase:

– Dor de amor é tudo igual. O que muda são os detalhes. A dor está muito grande, não é, meu neto?

– Estou péssimo, vô. Desculpe, me desculpe, vô, eu não queria que isso acontecesse, amo muito você, vô. Perdão. Perdão, meu vozinho...

Começo a chorar, nada mais importa, digo, Vô, lá na cozinha, eu tenho trinta...

– Psiu... fica quietinho... Já tenho idade suficiente para não ter mais juízo... Por isso, se eu fosse você, eu lutaria até o fim. Mas o que me trouxe aqui foi outro assunto, que também tem me doído bastante: você já ouviu falar de rastreadores?

● ● ● ● ● ●

* Yasmin, depois de um tempo em que morria de medo de passar sozinha pelos corredores da escola, agora já empresta seu véu novamente para as colegas. Após sofrer muito com a separação de Caíque, começou ontem a namorar o Rodrigo, que nem entrou nessa história.

* Luana se encheu de coragem e declarou sua paixão enrustida há mais de um ano pelo Cuca Fresca. Ele, que nesta semana estava apaixonado pela Susana, disse, Muito obrigado, meu Deus!, e deu, enfim, o seu primeiro beijo na boca. Daqui a cinco anos Cuca Fresca vai namorar a Yasmin.

* Castilho, depois do sucesso com Manon Lescaut, se prepara para montar uma peça escrita pela Yasmin sobre a perseguição às minorias.

* Eliana, agora, fuma três maços de cigarro por dia. Casou-se pela terceira vez. E não saiu da agência de publicidade.

* Barbosão late cada vez mais baixinho. Só agora, já bastante fraco, está aprendendo, enfim, a abanar o rabo.

* Shakespeare já não abana o seu: morreu atropelado.

* André comprou outro cachorro, se apaixonou por uma jornalista portuguesa, voltou para Portugal e agora mora em Figueira da Foz, uma cidade semelhante ao Rio de Janeiro: entre a praia e a montanha.

* Caíque perdoou seu avô, contou sobre o Castilho, parou de fumar, chorou muito quando Shakespeare morreu, fez terapia e, acreditando que o homem tem muitas possibilidades, hoje assume sem medo a sua bissexualidade. Às vezes é feliz; outras vezes, nem tanto. Como todos nós. Um dia, foi até o aeroporto, pegou um avião e partiu para Portugal.

(Nunca esqueceu a Yasmin.)

FIM

ESTE LIVRO, COMPOSTO NA FONTE FAIRFIELD FOI
IMPRESSO EM PÓLEN BOLD 90G NA IMPRENSA DA FÉ.
SÃO PAULO, BRASIL, NOVEMBRO DE 2012.